炉边独语

废名散文精选

废名　著

泰山出版社 · 济南 ·

图书在版编目（CIP）数据

废名散文精选 / 废名著. -- 济南：泰山出版社，2023.7

（炉边独语）

ISBN 978-7-5519-0777-4

Ⅰ.①废… Ⅱ.①废… Ⅲ.①散文集－中国－当代 Ⅳ.①I267

中国国家版本馆CIP数据核字（2023）第092904号

LUBIAN DUYU　FEIMING SANWEN JINGXUAN

炉边独语：废名散文精选

责任编辑　徐甲第
装帧设计　路渊源

出版发行　泰山出版社
社　　址　济南市泺源大街2号　邮编　250014
电　　话　综　合　部（0531）82023579　82022566
出版业务部（0531）82025510　82020455
网　　址　www.tscbs.com
电子信箱　tscbs@sohu.com
印　　刷　山东通达印刷有限公司
成品尺寸　150 mm × 230 mm　16开
印　　张　11.5
字　　数　145千字
版　　次　2023年7月第1版
印　　次　2023年7月第1次印刷
标准书号　ISBN 978-7-5519-0777-4
定　　价　39.00元

凡　例

一、本书收录了作者的散文经典文章或片段节选，主要展现了作者的学术历程、情感操守，以及当时的时代风貌等。

二、将所选文章改为简体横排，以适应当代的阅读习惯。所选文章尽量依照原作，以保持文章的时代韵味，部分内容参照当下最新的整理成果进行了适当修改。

三、所选文章没有标题或者标题重复的，编辑时另行拟加或改拟。

四、对有些当时惯用的文字，如“的”“地”“得”“作”“做”“哪”“那”“吧”“罢”“化钱”“记帐”等，仍多遵照旧用。

目录

寄友人J.T.

今天突然接到你的一封信。当我还没有展开，看了信面的字迹同寄者的姓氏，好像初春时分第一次听到了雷声，心想，可不是J.T.吗?

十年来，天涯地角，全凭一种力——深深藏在我们的心，偷了空儿便自自然然从彼此的心窝放射出来的一种力摄引着。这么几行字！为什么飞来这么几行字呢？弦本是紧张着，猛的一摸擦，动弹得不容易静止！我不得不想，你是怎样的不能够不写呵！

你原来寄住在一位朋友的家里。

我偶然回乡，不在严寒，便在酷暑。是四年前罢，正月初三，我同我的弟弟经过你的门口，弟弟昂起头来对我笑，这不是同哥哥一路踢毽子，我笑他手里提着酒壶必定会输给哥哥的J.T.哥哥的家吗？我问弟弟近来街上会着J.T.哥哥没有，朝门口便走出来你的继母同你曾经告诉我你最是恼而仍不得不喊着姐姐的那位姑娘。我问她们，哥儿呢？回答是，不在这里。我见了她们的冷淡的神气，把我为你抱不平，埋怨你不私地告诉你的爸爸的孩子时的怒愤，又回复起来了。但也气你，虽然爸爸死了，毕竟是男子汉，为什么让别人站在自己爸爸的华屋门口不热心于爸爸的唯一娇儿的朋友的询问呢？然而在当时似乎还没有留心到你的住处的问题了。

那天是除夕后第一节日，自然是初七，我从我叔叔家赴宴回来，远远望见耍戏场的那边，同我一样方向走着一个少年——是J.T.？是！我大概已经站住了。你穿的是看去好像短褂的长衫，却不现得宽松，令我安心：棉袍是穿着的。我待要喊，你已转湾了。快一点步子，马上也可以赶上，然而我竟慢慢的走，——记不清楚，也许是站着未动。

那时我是怎样羡妒你呵：我是J.T.，J.T.是我，那才好哩。我五六岁，你自然是七八岁，端阳节，我们许多小孩约到城外去逛，这其中只有你穿的是绿纺绸长衫，其余的穿着漂白竹布裤褂，便算顶阔。你的父亲耽心我们欺负你，恭维我们，贿赂我们，我们走近城门，他还站在那儿望。

我望着你走了。什么时候到家，我不记得。晚上我们家人团在一块儿喝酒，我的母亲问我，焱儿，怎的不作声？至今还如昨日事。

离家前一晚，我同我的妻出外散步。走到南门拐角，我站住了！这不是我们最得意的调弄的所在吗？我走进临城的一间屋，还提防有狗咬我。迎面是我记忆里那人的长兄，我说，请问，J.T.现在……？不待我说完，他已有了干脆的回答，我也懒洋洋的掉转头了。这回不愤怒，只奇怪，这是应该知道的！……我的妻很窘的笑我：惯于这样没来由的行动！我说，妻呵，你不知道我的心事，这是我的朋友的妻的家，那时我们都是小孩，常是同他窥伺他的妻，等到两匹狗狺狺的吠来，我们才一溜烟跑哩。

你原来寄住在一位朋友的家里。

你还记得罢，十二年前，我们三个十岁上下的英雄，我和你，另外是我的堂兄，得了武昌革命的消息，决议贡献我们的小头颅，——当时还不以为小，方法是应募童子军，最费踌躇的要算路费。我的主意最多，你是有钱的，吩咐你到爸爸的钱柜里去偷，而且典当项带的银圈，我同我的堂兄也各就能力去筹。动身那一天，我同我的堂兄已经筹好了票钱五千，站在你屋旁的草原等候，——隔夜这么约着。我愤极了，往返你的门口，连你的影子也睄不见，终于是我两人走，说你不足与谋。——其实这时已经气馁，不得不走的，是不奈何那五张大票。走到离城十里远远望见船埠的沙滩，我同我的堂兄面对面坐着歇息了。而我像是被一只鹰挟着飞到半空忽然又抛掉快要落下了！我大声号哭了！结果自然是循原路走回，把适才预备路用的糕点，尽腹一饱。你羞于见我同我的堂兄，然而我们原谅你，你的爸爸不比我们的动不动打骂。

现在，我的堂兄终日站成柜台打算盘。我呢，你来信问我有什么权利享受你所不能享受的一切；不错，我住在高贵的学校，伴在俊秀的青年，享受你所不能享受的一切！但是朋友呵，每当黄昏，暂时离开一日的激恼，对着镜子喘息，常是这样想哩：J.T.倒好！

你将板起皙白可爱的面孔——现在也许变了，顿着两脚：你也嘲弄我！不，决不，我实在是这样想呵：只有孤儿是最有福——爸爸被捉去了，再没有人比他更受欺侮，他只有哭。是呵，这哭，这哭便是我痴心羡慕的东西！哭而感到凄凉罢，怯弱罢，世间上那有比凄凉怯弱更是好过的日子呢？一个人没有衣穿，只可怜自己的冷；一个人没有饭吃，只可怜自己的饿；到处感到人的无礼，然而也乐于人的顾盼：这是多么好过的日子呀。

我是可怜的，人是幸福的，——我也曾这么宽慰自己。倘若不再往下想，那才好呵！我可怜吗？我并不缺欠什么，我的肚子装得满满。人幸福吗？想到幸福便替他们战栗，——其实他们也不希罕我，好像真个幸福！我气闷呵，有没有这样的扇子，可以借给我一点凉风呢？

你将平心听我的话，心想，也许如此。倒底是怎样呢，笼统的说着总不行——你将追问。这可对你不起。我正在写这信的前半，很恬静，很舒服，一提到自己，我的心便不属我了！虽然也想把他捉住，越用力却越是跑得远远，而且不是循着直线跑！总之，我羡慕哭，我的眼睛干得发烧；我幻想我是一个孤儿，孤儿只可怜自己。你是孤儿，你却气愤我，气愤我的地位比你好！我好的是什么呢？悲哀呵，为人而悲哀呵。我的肩膀是无力的；那担子，那别人的笑颜，别人的话声，都一秒一秒的来增加重量的担子是不知何时止的。有一日，我将从梦里向你哭，说我已经死了，我压不过倒在地下死了，那么，我也许清凉罢！而你也许后悔：气愤我是不该的罢。

望着一定的战场，贡献我们的头颅，那是我们的英雄行为呵。我记是记着的，然而杀敌斩将也只是游戏一般的快意，跑到那里去了呢？

现代日本小说集

那天我往周作人先生家，周先生告诉我《现代日本小说集》已出版，回头，便匆忙跑到东安市场。第一次是在下午二点钟，说是只到两本，已经卖了，我的眉头皱起来，但也高兴，这么快居然也就有人买了。第二次拿着书回家，天上已有好多星。这其间的时刻，是在成贤街孔庙里看柏树；——空手回去，不愿；到琉璃厂，又怕前门车搀起来的灰尘。

我不熟悉日本的情形，从国人抵货运动看来，大约是很可仇视的岛国，然而读了武者小路实笃《与支那未知的友人》，不觉又战栗，对于“最难解的国要算是支那”，没有勇气来分辨了。

中译的日本小说，我早已读过几篇，便是现在这集子中的几篇；刚刚读完的那刹那，心里只感舒服，转念到，著者是……，不觉已生了惊异，想着这只是绝无而仅有罢，但“最难解的国要算是支那”，已经由我而证明了。

这集子共是三十篇，篇篇令我读了舒服，但又怅惘，为什么我们贵国很少这样的人呢？——本自己兴趣，选定一种生活的样式，浸润于此，酣醉于此，无论是苦是甜，这回决不是由虚骄而生嫉愤了，我只深深的感着“中国人的悲哀呵”。

但美中也感不足，便是排印多有错误的地方。我的脾气太坏，比方心爱的衣衫，偶然涂污一点，吃饭也感感辣辣。我爱这集子，因之也就抱怨“手民”了。

“呐喊”

我不是批评家，也不知道什么才算得文艺批评，平常只爱一篇一篇的读文章，来清醒我自己，扩大我自己。现在便报告这态度之施用于《呐喊》者。

我每当愤激或嫌恶的时候，总说不出话来，说话要心头舒服，发生了悲哀或同情；我的悲哀或同情的对像，不一定是高者伟者，——几乎都是卑者贱者，所以我崇拜“杀身成仁，舍身取义”的文天祥，我尤眷念那忠实地自白着“本图宦达，不矜名节”的李密。在文艺上，凡是本着悲哀或同情而来表现卑者贱者的作品，我都欢喜。

因此，《呐喊》里面合我的脾胃的是《孔子己》了。

鲁迅君的文章，在零碎发表的时候，我都看过一遍两遍，只有《孔乙己》，到现在每当黄昏无事，还同着其他相同性质的作品拿起来一路读。正如著者在自序中那几句随便的对话：“那么，你钞他是什么意思呢？”“没有什么意思。”不过若问他有什么用，我却要郑重的踌躇一会。世间上的效用，有可计量的，有不可计量的，先生教我一章书，我立刻添了一章书的知识，放学回家见了母亲，我的脚跳起来了，脸上也立刻是一阵笑，——你能说母亲所给与我的不及先生那么多吗？我读完《孔乙己》之后，总有一种阴暗而沉重的感觉，仿佛远远望见一个人，屁股垫着蒲包，两手踏着地，在旷野当中慢慢地走。我虽不设想我自己便是这“之乎者也”的偷书贼（我平素读别的小说如显克微支的《乐人扬珂》，梭罗古勃的《微笑》，仿佛我就是扬珂，就是格里沙），但我总觉得他于我很有缘法。

鲁迅君的刺笑的笔锋，随在可以碰见，如《白光》里的陈士成，《端午节》里的方玄绰，至于阿Q，更要使人笑得个不亦乐乎，独有孔乙己我不能笑，——第一次读到“多乎哉？不多也”，也不觉失声，然而马上止住了，阴暗起来了。这可见得并不是表现手段的不同，——我不得不推想到著者执笔时的心情上去呵。

《故乡》《药》，自然也有许多人欢喜，我也不想分出等级，说这一定差些，但他们决不能引起我再读的兴趣，——意思固然更有意思了，除掉知道更有意思而外，不能使我感觉什么。

临末我也说一句俏皮话：我在饭馆里，面包店里，都听到恭维《呐喊》的声音，著者“我决不是一个振臂一呼应者云集的英雄”的发见，可以说是不再适用了。——那么，鲁迅君，你还以所感到者为寂寞么？

通　讯

旭生先生：

我今天看了先生同鲁迅先生的通讯，忍不住插几句嘴。

我觉得中国现在的情形非常可怕，而我所说的可怕，不在恶势力，在我们智识阶级自身！一般所谓学者们，在我看来，只是一群胖绅士，至于青年，则几乎都是没有辫子的文童！所以目下最要紧的，实在是要把脑筋还未凝固，血管还在发热的少数人们联合起来继续从前《新青年》的工作。现在虽说有许多周刊，我敢断言都是劳而无功。几乎近于装点门面。尤其不必做的，是那些法律政治方面的文章，因为我们既不要替什么鸟政府上条陈，也无需为青年来编讲义，——难道他们在讲堂上没有听够吗？我们要的是健全的思想同男子汉的气概，否则什么主义，什么党纲，都是白说，——房子建筑在沙地上，终久是要倒闭的。

我极望先生的第一希望实现，大家来洒一点血，呼一点新鲜空气，——不过这事不能勉强罢了。

冯文炳

三，二十

说　梦

S笑我的一枝秃笔，我可觉得很哀，我用他写了许多字。

我想，倘若我把我每篇文章之所以产生，写出来，——自然有些是不能够分明的写出来的，当是一件有意义的事，或者可以证明厨川白村氏的许多话。好比我写《河上柳》，是在某一种生活之中，偶然站在某地一棵杨柳之下；《花炮》里的《诗人》，是由某地起感。我的朋友J曾怂恿我这样做，但这又颇是一件寂寞的事呵。

记得什么人有这样意思的话：要多所忘却。真的，我忘却的东西真不少，都随着我过去的生命而逝去了。我当初是怎样的爱读《乡愁》《金鱼》（俱见周作人先生《现代日本小说集》）这类作品，现在我连翻也不翻他一翻。我的抄本上还留下了不少的暗号，都是写《竹林的故事》时预备写的题材，现在我对着他们，正如对着一位死的朋友，回忆他的生前，哀伤着。《竹林的故事》《河上柳》《去乡》，是我过去的生命的结晶，现在我还时常回顾他一下，简直是一个梦，我不知这梦是如何做起，我感到不可思议！这是我的杰作呵，我再不能写这样的杰作。

我当初的天地是很狭隘的，在这狭隘的一角却似乎比现在看得深。那样勤苦的读人家的作品的欢喜，自己勤苦的创作的欢喜，现在觉得是想像不到的事了。但我现在依然有我的欢喜，此时要我进献于人，我还是高兴进献我现在的欢喜。不过我怕敢断定——断定我是进步了。

我曾经为了《呐喊》写了一篇小文，现在我几乎害怕想到这篇小文，因为他是那样的不确实。我曾经以为他是怎样的确实呵，以自己的梦去说人家的梦。

我此刻继续写《无题》，我也还要写《张先生与张太太》这类东西。就艺术的寿命说，前者当然要长过后者，而且不知要长过几百千年哩。但他们同是我此刻的生命，我此刻的生命的产儿，有时我更爱惜这短命的产儿。好罢，我愿我多有这样的产儿，虽然不久被抛弃了，对于将来的史家终是有一点用处的。（附说一句：我对于梅兰芳君很觉歉仄，因为《张先生与张太太》那篇文章里我提起了梅君的名字，梅君那样的操业是只能引起我的同情的。）

我的脾气，诚如我的哥哥所说，非常急燥，最不能当住外来的激刺，有时真要如“石勒的杀人”，——我到底还是我罢，《石勒的杀人》不终于流了眼泪吗?

我有时实在一个字也没有，但我觉得要摆出一张白纸。过了几个黑夜，我的面前洋洋数千言。

最高兴我的文章的是我自己。最不高兴我的文章的是我自己。

有许多人说我的文章obscure，看不出我的意思。但我自己是怎样的用心，要把我的心幕逐渐展出来！我甚至于疑心太clear得利害。这样的窘况，好像有许多诗人都说过。

我最近发表的《杨柳》（无题之十），有这样的一段：

小林先生没有答话，只是笑。小林先生的眼睛里只有杨柳球，——除了杨柳球眼睛之上虽还有天空，他没有看，也就可以说没有映进来。小林先生的杨柳球浸了露水，但他自己也不觉得，——他也不觉得他笑。……

……

我的一位朋友竟没有看出我的“眼泪”！这个似乎不能怪我。

佐藤春夫很有趣的说道：

“一个人所说的话，在别人听了，决不能和说话的人的心思一样。但是，人们呵，你们却不可因此便生气呵。”

是的，不要生气。

我有一个时候非常之爱黄昏，黄昏时分常是一个人出去走路，尤其喜欢在深巷子里走。《竹林的故事》最初想以“黄昏”为名，以希腊一位女诗人的话做卷头语——

“黄昏呵，你招回一切，光明的早晨所驱散的一切，你招回绵羊，招回山羊，招回小孩到母亲的旁边。”

不知从什么时候起黄昏渐渐于我疏远了。

艺术家要画出丑恶的原形相，似乎终于把自己浸进去了。这是怎样一个无心的而是有意义的事！

创作的时候应该是“反刍”。这样才能成为一个梦。是梦，所以与当初的实生活隔了模糊的界。艺术的成功也就在这里。亚里士多德说：艺术须得常是保持“a continual slight novelty”。西蒙士（A. Symons）解释这话道：“Art should never astonish.”这样的实例，最好是求之于莎士比亚。莎士比亚的戏剧多包含可怖的事实，然而我们读着只觉得他是诗。这正因为他是一个梦。

不要轻易说，“我懂得了”，或者说，“这不能算是一个东西”。真要赏鉴，须得与被赏鉴者在同一的基调上面，至少赏鉴的时候要如此。这样，你很容易得到安息，无论摆在你面前的是一座宫殿或只是一个茅舍。

有时古人的意思还没有说出罢，然而我看出了，莫逆于心。这一类的实例举不胜举。记得有一回我把这一首诗指给一个友人看：

忆我少壮时　无乐自欣豫　猛志逸四海
骞翮思远翥　荏苒岁月颓　此心稍已去
值欢无复娱　每每多忧虑　气力渐衰损
转觉日不如　壑舟无须臾　引我不得住
前涂当几许　未知止泊处　古人惜寸阴
念此使人惧

我对着我的朋友笑道：“你读了陶渊明这个‘惧’字作如何感呢？我真是一则以喜，一则以惧！”然而解诗者之所云，了不是那么一回事。难怪他们解不得。

有时古人只是无心的一笔罢，但我触动了，或许真是所谓风声鹤唳。这个有很大的道理存在其间。著作者当他动笔的时候，是不能料想到他将成功一个什么。字与字，句与句，互相生长，有如梦之不可捉摸。然而一个人只能做他自己的梦，所以虽是无心，而是有因。结果，我们面着他，不免是梦梦。但依然是真实。

我读莎士比亚，常有上述的情况。Hamlet的“dying voice”是有心的写还是无心呢？但这一句，Hamlet的最后一句——

The rest is silence.

在我的耳朵里常是余音袅袅。

那之前，Hamlet对他的朋友道：

……What a wounded name,
Things standing thus unknown, shall live behind me.
If thou didst ever hold me in thy heart,
Absent thee from felicity awhile,
And in this harsh world draw thy breath in pain,
To tell my story.

说到这里，远远听见——倘用中国话，应该是敲战鼓罢，道：

What warlike noise is this?

就全剧的结构说，到此本应有此插入，但我疑心我们的诗人兴酣笔落，落下这“Warlike noise”！至少这一个声音在我的耳朵里响得起劲。

如此类，很多。在“King Lear”这出戏里面，Edgar回答Gloucester道：

Y’are much deceiv’d; in nothing am I chang’d But in my garments.

情节本是如此，Edgar换了新装，著者自然要这样叙述。然而触动了我。

《儒林外史》的作者未必能如我们现代人一样罢，然而我此刻时常想起了他。这时我也就想起了《水浒》。不管原著者是怎样，我实是同一心情之下怀念这不同的东西。

世间每有人笑嘻嘻的以“刻画”二字加在这种著者头上，我却很不高兴听。自然，刻画我也不想否认。

有人说，文艺作品总要写得interesting。这话我也首先承认。

我从前听得教师们说：“莎士比亚，仿佛他经过了各种各样的职业，从国王一直到‘小丑’，写什么像什么。”我不免有点不懂，就决心到莎士比亚的宫殿里去试探。现在我试探出来了，古往今来，决不容有那样为我所不解的似是而非的说法！我只知有那一个诗人，无论他是怎样的化装。偶见西蒙士引别人的话评论巴尔扎克，有云：

“简括的说，巴尔扎克著作中的人物，那怕就是一个厨役，都有一种天才。每个心都是一管枪，装满了意志。这正是巴尔扎克自己。外面世界的一切呈现于巴尔扎克的心之眼，是在一种过分的形像之下，俱有一种有力的表现，所以他给了他的人物一种拘挛似的动作；他加深了他们的阴影，增强了他们的光。”

这个我以为可以施之于任何作家。有时看起来恰是相反，其实还是一个真理，——我是想到了契诃夫。此刻我的眼前不是活现一个契诃夫吗？

波特来尔说：所有伟大诗人，都很自然的，而且免不了的，要成为批评家。又说：那是不可能的，为一个诗人而不包含一个批评家。

这本是一个极平常的事实。波特来尔自己就给我们做了一个模样，——他之于亚伦坡。

与上面的话同在一书之中，有弗洛倍尔写给波特来尔的一封信，是他，那白玉无瑕的小说家，读了他的*Les Fleurs du Mal*而写的，我很高兴的译之如下：

“我把你的诗卷吞下去了，从头到尾，我读了又读，一首一首的，一字一字的，我所能够说的是，他令我喜悦，令我迷醉。你以你的颜色压服了我。我所最倾倒的是你的著作的完美的艺术。你赞美了肉而没有爱他。”

“不薄今人爱古人”，此是有怀抱者的说话。记得鲁迅先生以此与别种不相称的句子联在一起，当是断章取义。

“国朝盛文章，子昂始高蹈。”我有时又颇有此感。

死者马良材

读了《随感录》四十，岂明先生的《偶感之四》，我又记起马良材君。马良材君我是时常记起的。马君，湖南人，我同他本不相识，只在他的同乡S君处会过几面，看出他是一个苦于现代的烦闷的青年，生气勃勃的青年。那时他刚刚卒于中学，到北京来求他的路，求他的生之路。他问过我，青年应该怎样？他要怎样？他说话有点口吃，这只表示他的迫切，迫切得要吊眼泪。后来马君到上海去了，我也没有留心他的消息。去年夏，S君拿出几封信我看，是马君写给他的，我才知道马君已经实际的参加社会运动了。此时我对S君笑了一笑：

“很好，他得了他的路。”

字里行间我依然看得出他的烦闷，他的热力。现在只向S君索来马君在上海被杀以前写来的信，照录于此——

“我于四月三十号被逮，现在已决定大半会要去阴间了。几年来的轗轲（？），今日宣告满足我自杀之愿，快慰曷堪言喻？！请替我浮一大白罢，当你接到了此信之后。祝你身心愉快！”

马君正是中国现在的青年！

关于校对

我的一本小书《桃园》初由古城书社出版，现在开明再版亦已出版了，昨日见到。记得古城付印时，由该社某君校对，我远在乡下赶进城来索校稿一阅，其中《桃园》一篇，书一二一页八行，有“你不会去记问草”一句，他大概以为这个“记”字是我写错了，替我涂了，改为“你不会去询问草”，其实我没有写错，实是“记问”，而且执笔时这两个字费了我一点心，想出来了觉得称意，所以我又把他改还了我的原样。今日打开开明再版本一看，居然又是“询问”了，能不说是又是一位校对先生有意替我改的吗？当然不好怪人，只是自己窘。

再版本《晌午》，书四七页四行——“红楼梦”。

其实原稿引号内只有红楼梦三个字，字的右边无有曲线，因为赵先生是念红楼梦三个字。这当然也是有意替我加的。这一加我倒不觉得什么（类此的加法好像还有几处），只是一笑。但校对人总应该明白他的责任才好！

又，《桃园》这一篇曾经在《小说月报》登载过，书一二六页四行“上是屋顶”，刊之于《小说月报》者为“上视屋顶”，不知是当时我寄去的原稿把“是”错写成“视”呢，还是本没有错，校对先生以为错而改正了？总之王老大那时他实不会“视”，他突然一张眼睛而上面有一个屋顶罢了。

从牙齿念到胡须

在纸上忽然填了这么一个题目，那么，我就写下去罢，——鲁迅先生，你知道吗？在这里有一个人时常念你！

有两个人，我想我们的趣味并不怎样相同的，然而我时常念他。一是盲诗人爱罗先珂，一便是鲁迅先生。那位盲诗人我只在课堂上见过他的面貌，听过他的声音，到现在我仿佛还看见他挤在那火车上的一角，倘若我会画画，我一定能够画出他当时的形相来，——那是因了CM先生的一篇文章罢。

鲁迅先生我也只见过两回面，在今年三四月间。第一次令我非常的愉快，悔我来得迟。第二次我觉得我所说的话完全与我心里的意思不相称，有点苦闷，一出门，就对自己说，我们还是不见的见罢，——这是真的，我所见的鲁迅先生，同我在未见以前，单从文章上印出来的，能够说有区别吗？

从此我没有见鲁迅先生，然而有时我还是觉得要见一面的，记得一天傍晚，我在大路旁闲步，从我后面驰过去一乘洋车，坐车的好像是鲁迅先生，特别是因为那胡子同外套，我预备急忙的去拉他的手，——车子走得远了。

我当初也“批评”过《呐喊》，那时还不知道作者有这么多的胡子（这个发见颇出我意外），文人大抵是相轻的（或者不如照鲁迅先生的话至少以无损于己者为限更为确当），所以一面称好，一面又多少露出并不怎样佩服的神气，——这叫我现在笑个不住了，同时对于一般所谓批评文字（连吊唁的也在内）自信能分外了解。

鲁迅先生近来时常讲些“不干净”的话，我们看见的当然是他的干净的心（这自然是依照蔼理斯的意见，不过我自己另外有一点，就是，我们的不干净也是干净，否则世上到那里去找干净呢？），甚至于看见他的苦闷。他在《从胡须说到牙齿》里谈笑话似的写他“执事”回来碰落门牙，读者诸君，你们读了怎样呢？我是阴郁的吁一声“唔”！

我们到底是有福的，——我在这里一吁，不可以一直波到鲁迅先生的唇边吗？

忙里写几句

西滢先生我是最熟识不过的，然而真理是真理，朋友是朋友，所以我草这篇小文。

西滢先生在《现代评论》做了许多闲话，我读了总是有点摸不着头脑，想起儿时熟读过的袁了凡《钢鉴》。现在只就《现代评论》第五十三期上的来谈谈。

就是这一篇，我也只选取论文艺的那一段，因为倘若拿全篇来论，我这篇文章应该早已动手了。

西滢先生说："我们看稿的标准也许比较严格些。"又说："我们偶然有时把标准微少放低些……"我实在不知道西滢先生的"标准"是怎样的标准，更不知道"高""低"是怎样高低法。西滢先生既没有明白的指示我们，我且从"几篇极有价值的创作和批评"当中来归纳一归纳罢。

这立刻又起了麻烦，所谓"几篇"是那几篇呢，不要一篇篇的来找吗？倘若真正的找出了一篇或两篇，我又怎样会知道是西滢先生的"几篇"呢？那么我的"科学的精神"不是白费了吗？

所以西滢先生的"标准"我到底不能知道。

其实最近一年来，一般专家文士的标准我是知道的，那是"群众"两个大字，你如不信，请到他们广告上去搜寻。

我的话暂且这样终止，我自愧我还不能如西滢先生所说，“要大胆的批评自己的朋友”。

“偏见”

近来时常见到“偏见”两个字，我顿时觉得我平素所认为不偏者，不妨也称之曰“偏”，较少麻烦。比方我相信的一个人，爱读的一篇文章，我也叫人家去相信，叫人家去读，而他却还没有达到我这样的境界，或者别有肺肝，同我辩驳起来，我有许多闲工夫去对付他吗？不得已只有说这是我的偏见，他纵或讨厌我，也只得忍气吞声。

以上是我采用“偏见”的理由。现在且述我的“偏见”，就是：

凡为周作人先生所恭维的一切都是行，反之，凡为他所斥驳的一切都是不行，大有“夫人不言，言必有中”之概。

朋友们，老冯虽然一向倔强，却还没有把他的时间用来说这样气愤话，予不得已也！社会上是非不明，猴子都来充大王，教青年何去何从？

其实我的“偏”，正由于不偏。我不相信人家都说假话，我对于无论那一种人都信托。我所最相信的人，有时我也疑心他中了流言，比如鲁迅先生说某名教授愤慨他的《头发的故事》，我总以为未必如此。到了我所相信的人，真如卜效廉先生所说，“你的人格与学问，早就做了我先天的恩物”，被人暗射起来，我不得不大声疾呼，天下事不可为矣！无已就谥我以“偏见”，我也没有法。

既然动了手，不妨更写几句。

今年上季，有许多朋友问我对于几位“专家”作品的意见，我此时很不肯如心直述，因为他们虽然不大像样，总还不至于归在“礼拜六”项下。而他们竟互相标榜起来，仿佛一手可以掩尽识者耳目，我实在佩服他们的大胆。你如说这也是我的偏见，我却承认不得许多，有点不耐烦，——你们难道连肥皂的味道也辨不出吗？

作　战

记得辛亥那年，我是十岁，我的哥哥告诉我黄兴在武昌做大元帅，并且称述他是怎样的一个英雄，我听了真是磨拳擦掌，立志要做这么一个英雄。一天我的堂兄从学校回来，他说他听见人家说武昌招募学生军。“我们也去吗？”我们真是忘了形，以为自己是纠纠的一个武夫，并不是晚上睡觉还要“来尿”的小学生，从父亲柜子里偷拿几张台票，跑去当兵。

我们的确也走了十里路之遥，走到那里，倘若真去就要上船了，然而我蹲在地下哭起来了，我的堂兄替我揩眼泪，牵我回家。

这一段小小的“传奇”，颇足以做我过去生活的纪念，因为我后来完全没有那杀敌斩将的英雄气概了。提起“革命”，我总有点愧于心而不敢出诸口，——我是怕杀掉脑壳的，而我又总把“革命”与“杀掉脑壳”连在一起。我的小孩时的朋友，真有几个在当兵，越发使我自惭，前年我预备出小说集子的时候，颇踌躕不决，我觉得这不像我所做的事了。

然而人世的经验，我一天多比一天了，我所见的革命志士，完全与我心里的不一样，我立刻自认我已经是一个革命志士！——除掉白刃架在脖子上以为是可怕，我还差了什么呢？

不知从什么时候起，这一“怕”似乎也渐渐的消灭下去了，而我也并不嘲笑从前的“怕”，因为在我是同一的来源——我自己觉得如此，正如感到一切的苦甜一样。

从此我毫不踌躇的大胆的踏上我的“战地”，——这两个字我用来真是充分的愉快，对得起血肉横飞的战地上的我的朋友。

我依然住在两年前的一间房子，捏着两年前一只秃笔。

“公理”

记得罗素先生的*Principles of Social Reconstraction*上有这样意思的话：倘若有一种国际的联合，裁判甲国与乙国间的争端，最好是不要讲什么公理，只估量他们如果打仗结果是怎样，裁判便也怎样。

罗素不讲公理吗？自然不是的，他有他的深意。

我现在只是断章取义的来谈一谈“公理”，至于罗素先生的本意是什么，不在话下。

“公理”摆在面孔上面，是咱们中国人的特长，试一翻历年内争的电报，一定可以发现出许多。推而至于什么“水平线”呀，“标准”呀之类，尽管名色不同，都是吾道一以贯之。而我是始终不测其高深的。

如要勉强附会，我从圣经贤传上也得出了一条公理，——这如几何学上的公理，如下：

“尔安则为之！”

这是怎么讲呢？比方有一桩事，要做了才爽快，我马上就去做，其义一；又如大家爱国，我却坐在书房里抽烟卷，也不怕人家骂我冷血，其义二。

所以我的公理其实就是“偏见”，你如要替我换招牌。

给陈通伯先生的一封信

通伯先生：

我读了一月三十日晨副上先生所发表的几封信，一时觉得有许多话要说，而不知怎样说法才好！终于决定这样正经的同先生谈谈，而且借了京副公开出来。

不知先生是怎样的看我，但我是如志摩先生所说“不曾混入是非旋涡的人”，这只要知道我的脾气以及我平素的交与，就可以明白。我在北京四年，见面最多的是周岂明先生同先生，先生如果记一记我会了先生多少回，那么我同岂明先生会面的次数决不更多，不过我以后还是永远的间歇的去会他，——不然我真寂寞得要死了。我未来京以前，就同岂明先生通过信，他的无论那一篇文章我都读过，他所欢喜的几位名家的小说都介绍过我，借我以书籍。我此刻不做“岂明颂”，用不着直抒他是怎样，从我看来。而且我知道的西洋名字很少，用来比衬，怕难得与我眼中的周岂明相合，——大家近来说左拉等等如生在这样的中国一定怎样怎样，我却立刻反问我自己，那么，周岂明不正是怎样怎样吗？

我同岂明先生已经有一两年的来往的时候，看见《努力周报》上胡适之先生介绍先生的名字，说先生是北京研究西洋文学方面最广者。我当时真不知道是怎样的高兴，然而我还不肯去拜访，因为我生成了的坏脾气，不进大人先生之门，除非我们彼此实在有精神上的默契。而我总是想同先生会一面的，好请教西洋文学。到后来我同先生时常相处于一室，而我也就坦然走进先生的家了。所以我之想认识先生实在同认识岂明先生是同一的来由。

我并不同一般诗人文士一样，说时下中国报纸从来不过目的，我差不多什么报纸都看，只要我能够买，何况是先生们办的报？所以先生的无论那一篇文章我也都读过，另外还有课堂上时常聆教的机会，以及关于我的文章先生所发表的意见。从这种种，我对于适之先生的话怀疑，但同时也无损于先生，因为先生从没有替自己个人贴广告，而且先生对于英国现代文学，如威尔士之流，不正看了好多的书吗？这样的文学，虽然不为我所欢喜，但世界是多么大呢。

不幸的是先生的《闲话》一周多一周，叫我读了总是仿佛有点抱歉似的，这样的话不该出自先生之口！我决不牵扯到先生的人格，完全是在所谓“思想”上。我觉得先生颇有从前《新青年》所谓“笼统”，“以耳代目”的毛病。试举一个例来说，先生在某一期《闲话》里说北京的舆论对于胡敦复个人前后异趣，仿佛很可怪似的。我以为这如可怪，只怪在先生。先生既没有举出事实来，说胡某之为人前后是一样，为什么舆论不可以两样呢？记得儿时做《唐明皇论》，最得意之笔，是“开元天宝，同一明皇”，我的那位塾师果然也替我打了许多密圈哩。这里我只是表明虽然是先生，我也不敢护短，而且心里很以为是我们中间不幸的事。

到了形之于笔墨，驳难先生，真是我的不得已，——并不是怕得罪人，我的心里难道还有“怕”的影子吗？所得罪者是先生，彼此是那么熟，不大好意思见面而已。不得已有两点。其一是先生那样的执着文艺上的“标准”，而我又苦于自信是懂得文艺上的标准者。——这样真是彼一是非，此一是非，无已只有效“孤桐先生”录某一篇文章（这篇文章我忘记了名字，也不知道是那一期《甲寅》上）到他的《甲寅》上一样，我们也把彼此的文章录到那一种有生命的刊物上，留给我们的子孙去参考吧？不过谁是有生命，又要引起了问题，一笑。其二是岂明先生说先生不是，先生也回说岂明先生不是，真同北京近年来报纸上的论前广告一样，你看成什么一种现像！而我觉得我“应该就事论理来下一个公正的判断”，这公正的判断就是在京副上发表的那一篇《偏见》。这两篇文章第一篇因为事实上不得不举出先生的名字，所以说得非常婉曲。（先生如果看见我的初稿，那才真讨厌。）第二篇我几乎是要先生一个人看的，我的本意本在打动先生而已，——这也许是我一晌太把自己看得重吧？

后来见了先生以新年为界，掉换“闲话”的方向，暗地里欢喜，虽然我不相信先生的文艺谈会于我有什么用处，就先生个人说，实在应该如此“闲话”也。徐志摩先生却有趣，引出了他的“闲话”，我当时真觉得他无味，于先生怕没有好处，于是做了极短的一篇文章：

请大家去看今天的《晨报副刊》上徐志摩君子的《〈闲

话〉引出来的闲话》！他实在是引出了我的吐呕。尚何言哉？与谢野晶子已先我而做一首诗矣——“拿了咒诅的歌稿，按住黑色的蝴蝶”。

这篇东西刚刚发出去，我又觉得殊非所以爱先生之道，因为它牵及了先生，所以马上另写一信给京副记者，请他没收。

提笔就写了这许多的往事，无非想表明我有下“公正的判断”的资格。其实我也不怕人家说我“偏”，我反正一切事都行其心之所安。

至于先生“这次生了多大的气”，我倒觉得是很近人情的，料想岂明先生也并不怎样见怪，因为人生在世上，本不是来承受公理的，被人骂了总会生气。不过倘若说岂明先生因了先生发表这几封信，便失了他的根据，要让下“‘正人君子’的交椅”，那就未免太可笑。我依然觉得岂明先生所说的先生所辩驳的那句话，岂明先生说了一点也无妨，现在这样的人，照先生的信看来，不并不是没有吗？不出于先生之口，令我很欢喜罢了。先生的信，因为是“气”中写的，所以有很多不圆满的地方，我都不提出。提出来，表面上是替岂明先生辩护，其实是把岂明先生看小了，他为人的健全，难道有心人还看不出吗？我仔细想了一想，先生实在并不是同岂明先生有什么“仇”，完全因为对于“周氏弟兄”的性格同文章不能了解，疑心他是有意来同先生个人为难，因此连用假名也怀疑起来，你看这叫我们“公正人”从何处下手？（先生致志摩先生的信中引鲁迅先生区区佥事云云，实在是先生太老实之故。）

说到鲁迅先生，我要提出一个较大的问题，就是，个性的表现。平常总把个性两个字用在好的作家身上，其实无论什么人，只要他多说话，我相信我都可以看出他是怎样一个人，所以属于先生那一派的文字，虽然作者我多不熟识，我敢说我也认识他们。孔子说，人焉瘦哉？人焉瘦哉？实在是不错的，不过条件还不要孔先生的那么多，只要观其所言就够。我简单的画出一个圈子，可以概括时下一切文章的特点，那就是“生活之实感”五个大字。在这圈子之内者，不过三数人，鲁迅先生是其一也。他的文章，先生说“看过了就放进了应该去的地方”，一时快意的话，令我很伤心！然而也难怪，并不完全因为他爱骂人，骂的又是先生，先生们的文章，我固早已觉得是我所谓的圈子之外者也。鲁迅先生一年来的杂感，我以为都能表现他自己，是他“转辗而生活于风沙中的瘢痕”。“刀笔吏”云乎哉！因为我同情于他的苦闷，他拿先生来做骂的对像，有时我竟忘记了先生也是我所熟识的人了。如果要我记出他不得体的地方，那还在证据确凿，如汉人四书注疏之类，因为这实在无害于先生之研究西洋文学也。

我顺便藉这个机会问一问徐志摩先生，因为也是与先生发表的几封信连累而来的。徐先生说，“他（岂明先生）爱小挑剔”不错，我就承认这是“小挑剔”，但现在一般西洋留学生比“周氏兄弟”翻译的工作还大的挑剔在那块？徐先生又说，“彼此同是在思想言论界负名望负责任的人，同是对这棼乱的时期有各尽所长清理改进的责任，同是对在迷途中的青年负有指导惊觉的责任”。但倘若有人把这“小挑剔”认为就是清理改进这纷乱的时期，就是指导惊觉在迷途中的青年，不也是见仁见知，各在其人吗？还有一件最有趣的事实，徐先生所谓的两造，一造老是自认“包含有私己的情形”一类“下流”话，一造则曰“纯粹与己无涉”“为正谊为公道奋斗”，虽然字句不一定同徐先生的一样。这到底是怎么一回事？

我拉杂写了许多，恐怕没有说尽我的意思。我所最不高兴的，是如徐先生所说，先生的“地位一向是孤独的”，倘若先生也有许多“喽啰”，不知道我是否如我所自信，我的这类文章一定发表得更多？

狗记者

昨日段祺瑞嗾使卫队枪杀我群众，凡有血气，都誓与卖国贼不共天日的。北京许多报纸，一向是瞎眼迷心，为虎作伥，我们本不屑理会，早已当作异类的！

然而他们却会摆起“法律”“公道”的狗脸，拿我们志士的血，作他们信口开河的资料！枪弹子还没有穿进我们的胸，我们的眼睛要替我们的死者睁开，我们的嗓子要替我们的死者提高，齐声打狗！

我从狗群中抓出一头来——渊泉！他在今天的《晨报》上做一篇鸟社论，充分表现狗伎俩。

大家不要以为我接着同他有什么辩驳，不，决不！我只痛恨我们当时没有“携带手枪”，——不然此刻还容狗来插嘴吗？“先除奸人，再言运动”，狗也会这样说。

《骆驼草》发刊词

我们开张这个刊物，倒也没有什么新的旗鼓可以整得起来，反正一晌都是于有闲之暇，多少做点事儿，现在有这一张纸，七天一回，更不容偷懒罢了。

不谈国事。既然立志做“秀才”，谈干什么呢？此刻现在，或者这个“不”也不蒙允许的，那也就没有法儿了。

不为无益之事。凡属不是自己“正经”的工作，而是惹出来的，自己白费气力且不惜（其实岂肯不惜呢？），恐怕于人也实在是多事，很抱歉的，这便认为无益之事，想不做。

专门的学问这里没有，因为我们都不专，但社外的关乎学术的来稿，本刊也愿为登载。

文艺方面，思想方面，或而至于讲闲话，玩古董，都是料不到的，笑骂由你笑骂，好文章我自为之，不好亦知其丑，如斯而已，如斯而已。

“乐莫乐兮新相知”，海内外同志，其给我们这个乐乎，盍兴乎来。讲此祝福。

“中国自由运动大同盟宣言”

新近得见由郁达夫鲁迅领衔的《中国自由运动大同盟宣言》，真是不图诸位之丧心病狂一至于此。兹将该项“宣言”转抄在下面——

自由是人类的第二生命，不自由，毋宁死！

我们处在现在统治之下，竟无丝毫自由之可言！查禁书报，思想不能自由，检查新闻，言论不能自由，封闭学校，教育读书不能自由，一切群众组织，未经委派整理，便遭封禁，集会结社不能自由。至于一切政治运动与劳苦群众争求改进自己生活的罢工抗租的行动，更遭绝对禁止。甚至任意拘捕，偶遇弃市，身体生命，全无保障。不自由之痛苦，真达于极点！

我们组织自由运动大同盟，坚决为自由而斗争。感受不自由痛苦的人们团结起来，团结到自由运动大同盟旗帜之下来共同奋斗！

往下就是这个“运动”的许许多多的名字。资产阶级之不让无产阶级抬头，我们是可以懂得的，无产阶级要无产阶级专政，我们是可以懂得的，甚而至于做过《拜金主义》的胡适博士，当初宣言“好人政府”，现在要“宪法”，我们都可以懂得，只有今天这个《中国自由运动大同盟宣言》，我看一看文章，看一看名字，看来看去看不清他们到底躲在那一“阶级”？可同情的是“不自由之痛苦，真达于极点”！而且也到底是“现在统治之下”，“达于极点”，与以前军阀时代未可同日而宣言，“一切群众组织，未经委派整理，便遭封禁”了。

从前胡适公布他的“拜金主义”以后，鲁迅做了一段杂感，大意若云：

美国煤油大王致函于中国拾煤熖的老婆子同志，“无法投递，退还原处”。

我现在也记起了一段故事：

据说武则天女皇帝看了骆宾王讨她的檄文，叹息道：“天下有如此人材不用，宰相之过也。”

只可惜封建时代已经过去了，现在连这一位“明主”也不遇了。

“坚决为自由而斗争！”

然而放心，秀才从来是不造反的，所以秦皇帝下逐客令。然而李斯有谏逐之书，文士立功，也由来久矣。

阿左林的话

在徐霞村先生的《现代南欧文学概观》里一篇讲阿左林的文章见到这一节话：

“这种对话的流畅和正确，不可耐的虚伪，是从西万提斯一直传到了加尔多斯（Galdos）。在日常的生活里一个人并不这样说话，一个人只是用着简短的，不正确的，自然的句子，不联贯的，时断时续地说话。小说绝对不是它的完全的表现。这种非艺术的，干冷的对话的联贯和正确，浸透了全部的结构。而且，老实说，结构根本就不应该存在。人生是没有结构的；它是各色的，多方面的，流动的，矛盾的，完全不像它在小说里那样整齐，那样板然的方正。”

阿左林别的我毫无所知，单就他这一节话而论，我可觉得他老先生未免有点儿老实，他的同乡那位老前辈一定要笑他不是了。“小说绝对不是它的完全的表现”，这话我以为如果从阿先生的意思翻过里子来说才很有意思。西万提斯或者才不能不说是写实派。这里才真是没有结构。本来这个道理平常，可以说如同照像与写生之比。

“祭如在，祭神如神在。”我以为这是一句很妙的话。所以阿左林先生的话我并不佩服。

草　话

论到“说草话”是颇不容易的一件事。说得好呢，兜得人家嫣然一笑罢了。说不好，那可在淑女士绅之间立地遭被奚落，从此鬓影衣香间再难插足的了！因为说不好的草话有时就是“粗话”。粗话如何可以瞎说得的。但是天下滔滔呀，请看报章上的通电。

《骆驼草》出世已经廿一二岁了。养育栽培也颇费支撑之苦。我们也明知道有人对它的失望，因为这个孩子总算也长得那么大了，而对人家老是没有半句正话。可奈连草话也说不漂亮。这难免天下有心人要为它嗟叹而不满了。但是偌大的一个孩子了，究竟懂得一点儿人事。也许它正在睨笑世人庄重敬谨的把粗话听作正话。什么“衷心如梼”，什么“仁言利溥”。喂，伙计！那儿有这么一回事呀！

国庆日之朝

一年一度，双十节终又来到。不管是意识的或是不意识的，这天的街头总有一种特殊的热闹。回想过去若干年以来我一直在北京，每逢国庆日大概要到街上去走走的。每到这一天总觉得比别的日子不同，比之“新年”在我还有更生的气概。这是说自己在那天有种反省的机会罢了。至说对国庆本身决没有什么多大的没我的欢欣。今年国庆日从早醒时起就听见冷风刮着落叶在院子的砖瓦上起出一种干枯之声。“桂花香里”，在北方真是迅速的三二天罢了，这早已是过去完了。“丛菊纷披”，这尚属未来。走到枯败的院子里益深萧索之感了。我在这种时候就大不满意于北方生活。要在南方正是黄金的成熟时期，离严冬的寒威尚远不可来的样子。特别的今年今日有这种感想。上午在家。也不能静心。十时有来客。因为中午有人设宴称庆，就带早出门与来客到外面顺便走走。街头照例点缀了些旗彩之类。殊属单调之至。车过天安门，往年常开国民大会的天安门，也是一样。听说本年奉有命令要隆重庆祝的，但实际可说不如从前。可见强颜作笑是不可能的。见到“普天同庆”“薄海腾观”的彩牌楼，心弦上起出异样的难受。这难受只是异样罢了，并无多大的厉害。所以只说“难受”而已。这两字实在已足够表明那种比较复杂的情绪了罢。在那种难受之中，同行的来客忽又握别了。于是只好再坐车去赴C家之晏。其实也只同瞻仰彩牌楼一样而已。不过以为D老可到，一领他的謦欬大足解颐。谁知在C家满堂宾客中未见此公。竟其连启翁也不见来到，不然在陌生居多的人中有一熟人随便谈谈省得去尊姓大名了。他们二人竟终席未见。所以回家来极早。而启翁来信早在我的案头等候了。国庆日尚只过一半，下午晚上本亦有可记处。但是题目标明只限朝晨的感想所以本刊补白栏只有照抄一段启翁来书或能填满一栏余乎。书中有曰C公赐晏想必有盛大举动，唯不佞懒于出门一半由于刮大风恐未必能去领赐耳。日前往北海访友，顺便在小骨董店中买一石印，文曰“以酒为衣”，边款五行云“有酒曾歌雅无衣漫咏豳一樽凭泛蚁百结抵悬鹑但学刘伶醉浑忘范叔贫瓮头谋卒岁缸面暖回春戊戌秋七月朔日冯敏昌”虽系赋得上文四字，亦颇可玩耳。匆匆。云云。重读启翁书罢感到我之赋得国庆亦大可休矣云尔。

补　白

从前《语丝》在北京出版的时候，我们有文章常是亲自跑去校对，有时一连去了好几趟，弄得书店人员有点奇怪，大有讨厌之势，要嗤之以鼻，自然，或者是我们这般神经过敏的家伙太是“那个”了也是有的。现在一切都是我们自己来，校对大可以痛快一下子，然而又实在嫌麻烦了，然而总还是觉得痛快，总要校得他一字无错，而我们的一位朋友专门捉错，捉得一个错就当我们的面浮它一大白。第四期《文学运动与政治的相关性》一文，末段第五第六行“传说”均是“传统”之误，则是错得较有意义的。

过中秋

中秋，那必然是有个诗思罢，然而我没有。我向来就没有诗思，而且以此著名，曾蒙见笑于姐姐妹妹之林，说我不喜欢花，不喜欢听鸟叫。“奇怪，你这个人不喜欢看花！”我这个人大概有什么标记应该是喜欢着花的了。小姐们不小心的地方我倒喜欢留意，岂是留意，常常不幸而注意到了罢了，有一回雨打梨花之夜五龙亭上我看见一个人儿喝柠檬水喝得太不好看。

今年的中秋又特别没有诗思，简直杀风景得很，不说别的，此刻拿起笔来忽而写下这么一个题目，不禁有一点儿慌张，怕人家要打倒我了，说我有什么趣味了。如今国历之下，这个废历之节，连邮政局里拿了汇票都可以去取钱。于是又很有点儿怏怏然，我也有一张汇票前一个礼拜已经取回来了。这又为什么怏怏然？我说话总是喜欢这样胡里胡涂的。

我总是打算盘，打算怎样的过一天，过一月。然而中秋的前一日，黎明即起，揩一揩眼矢，知道明天就是佳节，盥漱甫毕，人不知鬼不觉，出城下乡去玩了。倘若不是跑得快，也许没有去成。然而终于是在乡下走路了。实在自己也不知道为什么。坐在车上很快乐的。记得有一回有一人问我，那时我也是为什么下了一趟乡回来，他不知为什么以为我一定是骑驴的，说，“你是骑驴子罢”。其实我是坐人力车。路上也总是想大大小小的事，关于自己，关于自己以外。碰见拉车的，或是他的年纪大，或是他的气力小，拉得费气力的令人难过，也是不能安然的。今天格外的不能安然，想，我如果到了这地步，那我一定要败于自然罢，决不败于人。这就是说我可以跳到大海里去，或者禁食而死。这就是说我知道我敌不过自然之律，水可以把我湮没，不营养生命就要灭亡。我决没有一个为人所屈服的意思。这都是见笑的话。这都是实话。我如果为得做文章，那一定说得大方多了，可以找不出毛病来。那也不就是假话。这几日恐怕是因为受了一些刺激，所以心绪颇不宁，乱思想。好比前日在一位友人处听到一位青年的谈话，他刚从警备司令部释放了回来，备谈那里面的情形，恐怕都是中国所特有。别的不必说了，有一件令我注意。他说那施刑的是一个老头子，他的老婆，他的儿子，他的儿媳妇，都在里面做同样的事。我想，他的父亲，他的父亲的父亲，恐怕也是子孙相传的。这是很可怕的一件事。

可耻的是中国的文人。他们自己不意识，其实他们都是自居于俳优之列，总仿佛有一个什么应该养活他们。我走在路上我颇凛凛然，我找不出一个合理的生活。在这个不合理的社会里，什么是我的合理的生活呢？我想那应该是自己耕种。说实话，我是赞美和尚生活的，但那也应该在合理的社会里才为合理，物质文明发达，大家的工作都是大家的快乐，不是牛马，那可以让他在那里修行了，否则八股的鼻祖韩昌黎公所骂他们的也不无是处。在这个不合理的社会里我想我还是应该做一点什么工才对，求以自给。至于艺术，那只能算是你自己还能够游戏。你自己明白道理，能够心安，然后不妨自足，人家责备你，笑骂你，你自然能够原谅他，如果他实在是粗暴，卑鄙，你也可以耻笑他。可恨我从小就没有养成一个操作的习惯。

我在这些思想之下到了香山，这个地方我很熟，所以一点也不觉得新鲜，到处都感到干燥极了。我本不是有意来玩的，干燥也就干燥而已。太阳落山时，我走到卧佛寺去看我的一位朋友，我打听得他昨天或是前天也下乡来了。不巧他到外面游逛去了。我怅惘。去年也是这时节，我也在西山小住，他也在卧佛寺，我去访他，他则已进城矣，我曾写了几行字寄他，有云："抚诸松而徘徊，忆君君不知。"回头一个人沿马路走，望见山上红叶，也因为看熟了，不见怎样了不得，确也还好看。回头打个电话进城，受话者责备我为什么跑了，催我还是回来过中秋，并说他们已经关了一月饷，有酒有肴哩。盛意不可却，中秋之日，正午，我又进城来了。真是何所闻而来，何所见而去。

归途，过海甸，车夫走的是小道，天气热燥，我又是一阵一阵的乱想。道旁看见一座坟，碑刻"大清庚子之变殉难烈女陈四姑之墓"，我烦燥得难堪，恨不得一脚踢翻了他。我在我的故乡，"节孝牌坊"是看得很多的，还没有看见"烈女"！这个该咒诅的什么！一路上一阵一阵的土，干燥已极，把我闷死了。进西直门，又看见两个不是人的女人，小脚，满脸胭脂粉，真是白日见鬼，我一看她们的服装我知道这都是住在万牲园往南有名叫黄土坑地方卖淫的！

立斋谈话

一

首先应得解题，立斋这名字怎么来的？言其谈话人将要到了那个“立”起来了之年，而且表示他将来一定还有大大的进步也。有时他觉得他已经是了不得，喜欢夸示他的过往，这个当然是胡闹。去年有一位更是年青的青年，写信给他，他回信有云：“人生虽短而艺术则长。然而，短的人生也应该有五十岁月，而我同你刚刚到了一半，这一半里头又做了一半的小孩，紧要的日子在今日以后耳。若今日以前问我们大要成熟，岂不滑稽哉，非愚则妄也。孔子曰，后生可畏也，这一个畏字下得不虚。”当下是安慰朋友，事后平心静气的一想，这几句话实在是偶尔而说中了，拿来做了一段日记。

二

有一位好友跑来问我，“你也应该发一点议论才对”。他的意思是当这个议论滔滔的时候。将来我不晓得怎么样，自我执笔以来以至今日，我所最以为苦的就是要自己发议论，人家的议论倒是喜欢看，无论他说得对不对。我觉得讲话是与人无益的，而且古往今来的话又很少说得自己能懂的。我也并不就是说凡话都要与人有用处，知其无用而要讲一讲倒是我格外敬重的，只是我从这里得不着我的“大欢喜”，我就不愿多费工夫了。其实人都是表现自己的，你自然喜欢讲话，我也就是最爱见人就谈天的一个，有时得着的是哑的苦，而多半总是悦乐，一说照例说个半夜不休，所以我们实在不是时间的悭吝者，只是形之于笔墨，总应该是另外的一个东西了，这之间有一个距离，是我们生而为人的一个最大的方便。可惜天下滔滔，就是捏了笔他也还是鹦鹉学舌。我们实在是不欲责备人。

三

我近来仿佛才能望见“客观”二字。至于要真正到了那地步，尚要假我以岁月。我想，艺术之极致就是客观。而这所谓客观其实就是主观之极致，所谓入乎内出乎外者或足以尽之。此事殊不容易，因为这个对像是“人生”，也就是你自己也。不同科学是外界的现像。而其能够冷静的把对像捧在手上而观照之，则在两方面都需要老手。有一回听得一位长者说陶渊明的挽歌做得好，当下我肃然起敬，称赞陶诗，那自然是意中事，只是这位长者的意思完全不是我所原来有的了，他很雅致的说给我听，“你看，这个挽歌做得好，他冷冷静静的同想睡觉以后的事情一样，他的儿子将怎么啼，亲戚朋友将怎样送他，平凡得很，一点也没有什么大惊小怪的”。我看一看这位有须翁，他同陶先生差不多上下了。我悟得一个大道理，回头得意得很。

四

“Omit”这个字很有意思。记得有一位艺术家说过这样的话，艺术家的本领就在于Omit这一个字。我的意思还不在于技巧方面，而在于境界，而在于思想，总之一切。你为什么别的不说而说你要说的这一个呢？这一个你把你的什么都告诉我们了。你说的是一块石头罢，然而你是一个三家村的学究，你是一个经历名山大川而回头的，都看你这块石头怎么样。同是说一朵花，你是一个闺房小姐，你是一个正在恋爱的青年，或者是一个有道法的和尚，或者是一个生物学家，也自臭得出。

五

上回忽而讲到我所谓客观，一个好意思，说得太是将就了，只是我总是觉得向来大家所谓的客观没有那么一回事。我总以为我们缺少一种小说。我们所有的小说，我以为都是小说家他们做的诗，这些小说家都是诗人。他们所表现的人物，都是主观的。有一位批评家谈弗洛倍尔，可以引到这里作参考。他是讲*Madame Bovary*这部小说，他说这本书他好久不读忘记了，但有一句总不能忘记，写一个人月夜在坟地里，这位小说家有着他所没有的诗情的描写，但忽然来他一下，说这人看见一个人来了，他想起他的马铃薯近来被人偷了，一定是这人了。（大意如此，原文记不清。）他说这才真是弗洛倍尔的句子，这才真是弗洛倍尔的人物。这就是小说家弗洛倍尔把他的诗做给我们看。小说家都是拿他们自己的颜色描画人物。颜色生动，人物也才生动。

往日记

在这个题目之下，我想将我儿时的事情就其所记得的记下来。为什么呢？这样或者可以不假思索而有稿子，捏起笔来记得一点写一点，没有别的。大凡回忆类的小说，虽是写过去的事，而实是当时的心情，我这个不然，因为它不是小说，是一种记录，着重于事实，绝不加以渲染，或者可以供研究儿童心理者去参考。另外却还有一点意思，就是，我向来以为一个人的儿童生活状态影响于他的将来非常大，我们这一批将近三十岁的人原来是在旧时代当中做孩子过来的，这是一件有意义的事。今日的孩童，生在同样的地域，等他有朝一日来看我的这些过去的日记，真不知道话的是那朝事也，他们当然也就不要看这些东西。

一

我记得我第一次我一个人出城过桥的样子。大概是六岁的光景，想来总不能再小，确是不致于更大，因为我六岁上大病一次，不像这次病后的事情了。我的外祖母家距我家不过三里，我家住在城里，出城去一共要过三次桥。从小我惯在外祖母家，第一次没有大人带我，我独自走去，一个很好的三四月天气，那天上午，我的姐姐做了什么活计，好像是一双鞋，对我笑道：“你能把这个东西送到外祖母家去吗？”我喜欢得了不得，连忙说能，而且一定要姐姐让我送去，姐姐就让我去了。我记得我一个人出城走路很得意，真是仿佛顶天立地的样子，一共要过三座桥，第一第三不记得，第二桥名叫“清石板桥”，在这三道河中，水最深，桥是石建的，没有可扶手处（第一桥有铁丝可扶），我走在当中那个害怕的样子，我记得，及至一脚跨过去了，其欢喜真是无比。然而到了外祖母家，记得外祖母不在家，大家并不怎样稀奇，我自以为是一件奇事，我一个人走到这里来了，所以当下那个冷落的样儿我也记得。比这一回更以前的我的姐姐的样子我也不记得。

二

由我家往外祖母家第三座桥名叫“马头桥”，马头桥也就是一个小市，我的姨母家就在这里。我从小也总在我的姨母家玩。马头桥的一头，河坝上，有一棵树我至今不晓得是什么树，有一天我一个人在桥头玩，忽然看见树顶上有两个果子，颜色甚红，我觉得橘子没有那样红，枇杷也没有那样红，大小倒是那样大小，我站在树脚下仰望不已，我没有法子把它弄下来，我真是想得很。我至今总仿佛有两颗红果在一棵树上。我无论在那里看见什么树结着红色的果实，我就想起那两颗红果来了，但总比不上它的颜色红，那真是红极了。

三

故乡很少有荷花，其实什么花都不多见，只是我喜欢看池塘里长出来的荷花与叶，所以我格外觉得这个好东西少有了。外祖母家门口便是一口塘，但并不年年长荷花，有的年头也长，那这一年我真是异景天开，喜欢的了不得，此刻我便浮现了我的那个小小的影儿站在那个荷塘岸上。我真想下水去摘一朵花起来，连茎带叶捏在手上玩，我也把那个长着刺的绿茎爱得出奇。我记得我在我的故乡还没有捏过荷花，我也没有告诉别人过说我爱荷花，只是自己暗地里那么的想得出神。

四

我小时是喜欢说话的，所以我的姨母曾经叫我叫“满嘴”。我又爱撒谎，总之我是一个最调皮的孩子，这个调皮又并不怎么见得天真，简直是一个坏孩子，对于什么都有主意，能干。然而在许多事情上面我真好像一个哑巴，那么深深的自己感着欢喜。我最喜欢放牛，可是我没有一次要求过让我牵牛去放，我总在坝上看他们放牛。有一回，记得是长工放牛回来的时候，我要他让我骑牛玩，我以为这一定是很容易的事，立刻我就骑上去，走不上几步我却从牛背上摔下来了，那个欢喜后的失意情境，还记得。上面说过，外祖母家门口有一口塘，黄昏时牵牛喝水，也是我最喜欢的事，我记得有时也由我牵到塘沿去喝，此刻那牛仿佛还记得，黄昏底下自己牵绳默默站在水上那个样也隐约记得。

五

有一样花，我至今不晓得叫什么花，我也没有法子形容，但在我的记忆里真是新鲜极了，太好看。我只能说他是深红颜色，花须甚多，蓬起来好像一把伞，柄也很长，也真像一个伞柄，是野花，我记得是我一个人走在坂里，满坂的庄稼，我一个小孩子在当中走，迎面来了一个人，什么人我不记得了，他捏了好几柄这个花，一一给我，我一一接在手上，举起来，又从地中走回，那个欢喜真是利害。后来我常常想到这个欢喜，想到这个花，想回到故乡去一看。有一回回家，忽然问我的妻："在你们家里那个花叫做什么花呢？"不知不觉的做了一个手势，说不出所以然来，真是窘哩。妻也窘。

六

我最喜欢看棕榈树，爱他那个伞样儿，爱他那个绿。这样的绿色我都喜欢看，好比喜欢看橘树叶子，喜欢看枇杷的叶子。我的外祖母家有一棵橘树，长在颇高的一个台阶之下，结了橘子我们站在阶上伸手攀折得够，但这棵橘树并不爱结橘子，结的橘子也不大，所以我们常常拿了棍子站在树脚下轻轻的打它，口里说着："你结橘子吗？你结橘子吗？"大人告诉我们这样打它它明年就结橘子。这棵橘树二十年来是早没有了，那个我喜欢上上下下的十几步石阶也没有了，房子是完全改变了样子，但原来的那个样儿我新鲜的记得。

七

故乡没有老玉米这个东西，有之也甚小，大家都当它玩意儿，在我那简直是一个宝贝了，一定要把它给我。在外祖母家有时我便得着它，我真爱它，我觉得再没有比它可爱的了。所以我到北京来，看见老玉米，虽然明知道同那就是一个东西，然而我总觉得这那里是我所爱的那个。那简直不能拿别的什么同它比，叫我选择，只好说它是整个的一个生命。儿时的欢喜直是令人想不通。在故乡不叫玉米，叫的那两个字我写不上来。我记得都是紫红色，我总觉得他是一个小宝塔。小米我们也轻易吃不着，记不得有一回在什么地方看见人家吃小米白薯粥，总之是在乡下过路，一个人家门前路过，我真是喜欢得什么似的。我们住在上乡，可以说是山乡，下乡则是水乡，在那里小米却是很普遍的一种杂粮，我们小孩子当然不知道，每年冬天，下乡人有挑了"粟米糖"上县城来卖的，我一看见那个卖糖的坐在城脚下像专门来晒日黄似的坐在那里卖粟米糖，我真觉得日子从今天又过一个新日子了，心想这是从那里来的，喜欢得什么似的。然而我很少吃得这个粟米糖，真是寂寞得很，我也没有同人家讲，我在我自己家里很不被优待，仿佛是多余的一个小孩子似的，因为系一个大家庭，我的祖父在我是一个小孩子时格外的讨厌我，到了我长大了他老人家却是器重我得很。那个卖粟米糖的不知怎的年年总在城门外那块石头上面坐着卖。或者真是因为晒日黄的原故。我看见的时候总在清早，这个城门名叫"小南门"，而是正向东。那时我们就靠着小南门住家。年年是不是就是那一个人来卖，我记得我没有留心，总之我只觉得卖粟米糖的来了，那个粟米糖真是令我喜欢，有时冷冷的对我的母亲说一句，“卖粟米糖的来了”。我的母亲那时在一个大家庭里很是一个不幸的母亲，身体又不好，简直顾不得我们，总是叫我们上外祖母家去。我也吃过粟米糖，记不得是谁买给我的，或者是我自己偷了父亲的钱来买的也未可知。我小时在自己家里大人不给我钱，常是自己偷父亲的钱。我记得大人家的意见似乎是说“芝麻糖”好吃，粟米糖不好吃，我则总是觉得粟米糖好，怀着这个欢喜没有同人说。

斗方夜谭

一

昨天看见鹤西的一篇小文章，大意是说他无意作文罢。他大概也不会有人去请他登台演说，既然这个也“无意”，那大概就是沉默。其实我们没有赶上军事训练的人，当然拿不起枪杆，那还是练习捏笔杆为得计，等到自己真有那么的好运气，有一枝五色笔装在怀里，那就有朝一夜给人家要去了，那倒又是一个好运气。然而我真有点“悲哀”，已成老翁但未白头耳，实在的以不要我做什么事为了事，静坐当然办不到，我就宁愿昼寝，——可见也并不是怎样懈怠，睡了一天两天之后，甚至于一月半月，忽然又一跃而起，不甘沉默，简直就欲罢不能，这就是说又捏起了笔了也，这大概真正可以算得游戏之作，把这个意思再找一个名词来翻译一下，大概就是所谓“杰作”。然而天下生活之法无论怎样的多，而没有一样是完全由得你的，认清了这个，苦恼或者更少一点，至于“欢喜”是不是因此也减少一点则我尚未曾统计。说了一半天尚没有说到题目，而我的题目到底是什么意思，等待要说明它又仿佛不大明白，我只是打算从即日起赶一点夜工也。这样的工作就替他取一个名字叫做“义务”罢。这两个字我加了一个引号，就是表明“不大明白，有点糊涂”。人生四日八餐何莫而非义务乎？然而口之于味也有同嗜焉，东西要好吃至少算得我们一生的一半的快乐。作斗方夜谭。

二

好久好久以前从荒货摊上买得一部《昌谷集》，有着莫名其妙的注解的。我没有读过书，那是不待说的，拿去问了一位读过书的朋友，他也说这罕见，就算他是海内孤本罢，花一元二买了来。这几个注诗的人（好几个人合注的），我想都不过是斗方名士罢，（糟糕，我的“斗方夜谭”这名字取得不小心了，自己挖苦了一下！完全老实的说，我有一个最不好的脾气，最不喜欢人家叫我什么“名士”之类，岂但不喜欢，简直就讨厌之至，大小反正是一样。从我的迂腐的眼光看来，时下所谓“普罗”作家，也都是努力想列于名士之阶级。我的斗方云者，只是说我不喜欢住大房子，精神照顾不了，喜欢住一间小屋子。）实在难登大雅之堂，在原诗《感讽》第三首后面引了两句诗，我却以为是佳句，的是可喜，要介绍一下，原诗当然是好，如下：

南山何其悲　鬼雨洒空草
长安夜半秋　风前几人老
低迷黄昏迳　袅袅青栎道
月午树无影　一山唯白晓
漆炬迎新人　幽圹萤扰扰

这真算得“鬼诗”。所引的一位姓范的先生的两句为：

雨止修竹间　流萤夜深至

这位范先生自己也以为“语太幽，殆类鬼作”。

三

冬夜，在西城根臭胡同Y兄之寓里，几个友人围炉谈闲天，喝清茶，几乎是再也难得的快乐的时光。本来不算少的四五个人到了今年就零落了，各人都去干什么，为什么，走了。聚谈本来要少长咸集才最有意思，若只剩了我们这一两个不大不小的家伙，朝夕见面，真是枯坐得很，谈什么呢？首先就没有那个恋爱的佳话可以插得嘴进去。然而人总是有杀风景的地方，至少我总是觉得我不好，又可气又可笑，但也好玩，反正事过境迁，别人早已忘记了，人都不会记得他所听见的人家讲给他听的道理，只各人自己生活上的“故事”才牢牢的锁住不放。记得有一夜正是故事谈得高兴的时候，我忽而从Y的桌上翻开一本《庄子》看，一翻翻到这一节文章，“舜以天下让其友北人无择。北人无择曰，异哉后之为人也，居于畎亩之中而游尧之门，不若是而已，又欲以其辱行漫我，吾羞见之。因自投清冷之渊”。我顿时很喜欢，仿佛是今天才寓目的一本新书似的，觉得这样的人真迂腐得有趣，可以不要天下，而也就因为这一点乱子而“自投清冷之渊”。又翻到这一节，“舜以天下让善卷。善卷曰，余立于宇宙之中，冬日衣皮毛，夏日衣葛絺，春耕种形足以劳动，秋收敛身足以休息，日出而作，日入而息，逍遥于天地之间，而心意自得，吾何以天下为哉？悲夫，子之不知余也。遂不受，于是去而入深山，莫知其处”。我乃更是忍不住，也听不见大家在那里笑闹一些什么，指着要F君看，简直是要捏住他的耳朵把他拉拢来的样子，而言曰，“你看，这一节文章，这一个‘悲夫’，实在不能当作你们平常用的惊叹号随便看去，这两个字，加一个惊叹符号，足足有一千斤！这个人总算是旷达极了，然而不能忘情于人之不相知，‘悲夫，子之不知余也。’这真是很有意思的事”。F君他当然要敷衍我一下，给我逼得无法，只好唯唯说是了，实在他此时心不在焉。一会儿我就很是自窘，茶余酒后讲这一套话干什么呢？于是转过身去故意同F君讲别的笑话了。今日之夜，思念朋友，惘然于那个良辰美景，因之还觉得“昨日之我”大可爱。

四

吾友平伯兄与余相识算晚，风流儒雅，海内知名，天下的人物真是“那样的旧而又这样的新”也。与古为徒，大概也算得人生一乐，至少接触时髦是怪容易令人有一个“不好玩”。这一些佳趣，我只好同喝茶一样，香在口，无须你喝采。然而座中平伯无头无尾的说辛稼轩这两句不错：“不恨古人吾不见，恨古人不见吾狂耳。”平伯曾指其庭院一棵大树顾我而言曰，“这棵树比这个房子年纪大”。我一看是殷仲文之槐，生意不尽。他不晓得我是真爱看树的。

五

“因材而教”，实在不是一个不费工夫而得到的资格。我们都太爱说话，爱表现自家。孔圣人实在是圣人，我们无论如何只好承认。平伯说的很有趣，子贡问伯夷叔齐何人也，老师只随随便便的答应一句就算了，“古之贤人也”。再问才照答，说了那一句要紧的话。我们终日饶舌，果有所知乎哉？有所知亦迫不及待，生怕人家说我不懂，其实所表现的恐怕都是你自己也。虽然，“赐也徒能辩，乃不见吾心”亦云悲矣。百世以下，殊堪嘉奖。

我们都喜欢做诸葛亮陶潜合论，论旨大概也差不多，中国的圣人之徒车载斗量，真是“汗牛之充栋”焉，这两位倒不见得言必道孔孟，倒羽扇纶巾好一个“儒者气像”！平伯又说得有趣，诸葛先生，不出来大概就不出来罢，一出来就真个鞠躬尽瘁。我看这位山人殊精明得可以，别的且不谈，你看他那《出师表》，说来说去可不都是一个意思，知道孺子之不可教吗？早就耽心那个“宫中府中”的把戏。这真是一篇不是文章的文章，气像万千，令人可爱。糟糕，我这大有《古文观止》的模样。

六

很早的时候平伯看了我的《桥》，曾对我说过，“看你书中的主人公，大有不食人间烟火之感”。当下我很吃一惊，因为完全出乎我的意外，自己当然总是给自己蒙住了，我万万想不到我这个“恶劣”家伙的出产原来可以得到那一个当头棒，后来我仔细一想，平伯的话是对的，或者旁观者清亦未可知，因之我写给平伯的信有云："我是一个站在前门大街灰尘当中的人，然而我的写生是愁眉敛翠春烟薄。"

七

在开章第二回就说了我不喜欢住大房子，那是的确的，——我几时撒过谎？然而有一回同"吾家"君培在午门外走路，我忽而得意极了，赶紧掉身向他道："别的事情我真不想做，到了今日之我，如果罚我做皇帝，把我一个人关在这个城墙里头，我真有点喜欢。"把他那一个笑罗汉说得个嘻哈笑，我则立地已经返老还童，简直的是安徒生手下的孩子。"你不要打我！"他拍我一肩也。当下我觉得我丰富得很，在天下没有皇帝之日，且将团扇共徘徊，我真什么也不要了。从前我还想遇见狐仙，现在这个也不想。然而暗暗的又好像在那里爱玩两件东西，大概又想——"偷"！（齐天大圣到此一游，法官注意！）从前逛历史博物馆，看见有宝剑一口，逛故宫东路看见骰子一副，那真是古而不老之物，小子不禁如临深渊焉。到今年，这两个地方先后我又各去了一趟，行到水穷处，坐看云起时，然而看来看去，"我的东西"好像真个没有了，这倒"奇矣"！因此街谈巷议关于"古物"的消息，我也落了耳朵听，看是不是真有什么丢了，那我也可以有诗为证也。

八

昔者朱彝尊不能不填几首词儿，而曰，"我不想吃圣庙的那一块冷猪肉”。当初我以为不过是文人的聪明话，自然也有他的风趣，慨自取消布尔的个人主义之空气大浓以后，我乃对于前朝这一位词人的话，颇有所得。

九

在北京住了几年，常觉得看不见江南的云，于是我就怅望于那一位盲诗人的《桃色的云》。去年夏天住在西山，上到山上一个亭子坐着玩，细看壁上十方游客各人留下各人的名字，某年某月某日游此，有的大概是受了钱玄同先生的影响，某年是一千九百几十几，有的则是干支，省事的则权用了亚拉伯号码，新式标点，有的是芳名，有的则就是丘八焉，因为下注有某团某营，于是我才悟到中国是一个“不朽”之国，朝野上下，此心同，此理同，同时又联想到的是咱们大学堂的那个臭茅厕，——我很奇怪，身上居然都顺便带了那一枝笔？于是我乃下了一个奋勉之心以后无论如何不要偷懒要写日记——然而，言归正传，我是要说天上飞的那一朵白云也，我坐在那个亭子上看见有一位“他或她”题了一副对子，下联早不记得，上联便是陶渊明先生的“云无心以出岫”。

以上算是一个楔子。

“云无心以出岫，鸟倦飞而知还”，自从上了一趟山以后，我才羡慕这个境界好，是亦古人之糟魄已夫！见卵而求时夜，汝亦大早计矣！然而再要老老实实的说正经话，否则就要不得了。那个境界，不但我，可望而不可及，陶先生他也再三的经了一番苦纠缠，或者始终是一个梦之境也未可知。他是中国历史上最认真生活的一个人。常言道，“神仙都是凡人做”，而世间有的只是求仙的术士耳。《拟古》之六。云：

苍苍谷中树，冬夏常如兹，
年年见霜雪，谁谓不知时？
厌闻世上语，结友到临淄，
稷下多谈士，指彼决吾疑。
装束既有日，已与家人辞，
行行停出门，还坐更自思，
不怨道里长，但畏人我欺，
万一不合意，永为世笑之。
伊怀难具道，为君作此诗。

对于一个门槛那样的一脚跨不出来。在一部陶集里，材料无不取之于生活，试问有第二个人相同没有？就截至今日这个文明世界，也很少有这么一个老实而大雅的“爸爸”，“厉夜生子，遽而求火，凡百有心，奚特于我，既见其生，实欲其可，人亦有言，斯情无假。日居月诸，渐免于孩，福不虚至，祸亦易来，夙兴夜寐；愿尔斯才，尔之不才，亦已焉哉”。这实在比胡适之先生的白话诗还应该模仿。世间上的事难在这个“未能免俗”耳。

十

我有两位相好，均是六年之同窗，大概谁都可以唱它一出独脚戏，谁也不光顾谁，好比我同他们的一位写好契约借一笔款竟料到居然是大碰一个钉子，其人现在海上，好像是姓沈名海，说起来真是怪相思的，两个黄蝴蝶，双双飞上天，三千弟子谁个不知，谁个不晓，如今是这一个冰天雪地孤孤单单的刚刚游了一趟北海回来。还有一位，若问他的名姓，是一个愁字了得。话说这一字君，很受了我的奚落，就因为这一个字，但目下已经是四海名扬，大有改不过来之势了。天下事每每悲哀得很，我与一字君几几乎一失千古，当年一年三百六十日，一日六小时，我缺课他迟到不算，然而咱们俩彼此都不道名问姓，简直就没有交一句言，而他最是爱说话的，就在马神庙街上夹一本书也总是咭咭咶咶，只不同我同沈海，我时常嘱耳而语沈海曰："这个小孩太闹！"而在最近三日我同一字君打了两夜牌，沈海君远不与焉。沈海君最近丢了诗人不做要"努力做一个庸人"（来信照录），这才引动了今夜我谭话的雅兴。我同一字君捧了他的来信读，我实在忍不住要赞美这一篇庸人论实在是高人的题目，而且有点不敢相信沈海，因为他到底是诗人出身，于是我端端正正的把一字君相了一相，觉得我要佩服他，他的"庸人"大致可以做到一个英雄的境界，多福多寿且莫多男子焉。他已经是一位年青的爸爸。沈海君最近才请了医生检察身体，明春再出请帖行结婚礼。说来说去原来言下都是对我下一个针锋，说我则不是一个庸人。于是我们三个中间发生庸人与不庸人难易论战。结果都仿佛有点说我难，虽然都有点不甘俯首。我实在不能不平心静气的说一句，我很有点私自惭愧，我还是赞美你们，庸人不易做，不知怎的我真个仿佛有点做不上，我还不知道我怎么好。从前有人说夷齐不食周粟，未必不是没有得吃的，乐得做一件大事，也许多少是甘苦之言也。言有尽而意无穷，再谭。

十一

发大愿我也颇有志，但早已过了孩子之年（但据说我佛如来本是一个童子），总怕螳臂当车，就算别人佩服你是一条英雄而自己总知道自己是一个凡夫，做事何必自己取笑？所以大事我总是自己小心，不敢求一时之快意，倘若人生并不长，蜉蝣即夕而死，那倒何妨试验一下，跑到苦行林中，菩提树下，一麻一米，好一个光明相。真是不胜神往之至，反正一日的光阴一首诗便已成功。我不想求上帝保佑我，我总怕孙悟空一棒打下来把个什么怪的原形相摆出来了。中国的圣人说食色性也，我现在所想反叛的只在这一下，原因大概也很简单，大碗吃肉，一股热气腾腾，果真没有第二个简单的办法乎，这个我也知道我要预备一个很大的势力，人一落到静坐而在那里“馋”，我以为是最不大雅的事。至于我到底要坐在什么地方，便是目下最大的一个踌躇。

十二

我总觉得我不好，简直没有法子，关乎人的脾气，我们入世为什么不能同看书一样什么书都可以一看呢，而且道听途说德之弃也，自己也能懂得这个道理。实在是修养不到，未能免俗，亦只有听之而已。从前有一个人走路，在路上给贼人打了一顿，回去哑口无言，人家问你给人家打了怎么说也不说呢？他说一说便俗了，这个神气我虽不怎样的佩服，但觉得很有意思。

看 树

我生平喜欢看树，年既老而不衰。我说树，自然而然的指定它是一棵大树，而且并不想到它是可以成为森林的，喜欢看它一棵，其所谓连林人不觉，独树众乃奇乎，我本来就很少在众树之下走过路，特别是从小的时候，所以简直就没有一个森林的印象。只是花之树，则常是独自稀奇，我在一个地方一个杏林里看见好几百棵红杏枝头了，但这还只能算是看花，不算看树，我看花最是喜欢一眼看不尽的，所谓走马观花是也。

七八岁的时候，同着族人一路下乡做重阳，“做重阳”就是重阳祭祖也，在离家十五里的一个村镇看见一棵大树，是我生平看见的最大的一棵树，至今也不晓得叫什么树，后来当然看见过更大的树，因为我们乡里是不会生长了不起的大树的，但在我的记忆里确是以它为最大了，至今想起来还是喜欢得出奇。在外祖母的“圩”里，有一棵桑树，四围尽是稻田，它是长在一块种了菜的旱地之上，从坝上望下去只有它是一棵树了，我很爱，但我没有爬上去摘过牠的叶子，却从树脚下拾了桑葚吃，我看了别的孩子朋友一爬就爬上去了，心里甚是羡慕，简直就寂寞得很。

三年以前，暑假回家，坐篷船，渡“白湖”，除了荡船的就只有我一人，我背着他坐在篷里，只看见水，水又似乎没有岸，我就仿佛坐在监牢里似的，度日如年，只要让我上岸就好，不管是什么地方，忽然水外看见山，很小的山，而又看见山上一棵树，渐渐我的天地就只有这一棵树，觉得很好玩，船一桨一桨的移动，那个弓形的篷口慢慢只能让我看见那一棵树了。

无花之古树与看花不同，而古树开花也与看花不同，别有意思，我也最喜欢看，我所看见的只是西山卧佛寺两棵楸树，后来又在平则门外钓鱼台看见过，远不如卧佛寺的大罢了。去年夏间上八大处，道旁看见一棵古松牵挂着许多凌霄花，很是好看，凌霄花的颜色真是应该挂在松树上。我本不晓得这个花的名字，同游者告诉我的。小时看见的金银花，也都是挂在大树之上，常是一个跑到坝上寻金银花，望见他挂在树上自已也只是站在树下不动，因为我一点也不会上树。

《周作人散文钞》废名序

开明书店将出版一册《周作人散文钞》，从最初的《自己的园地》到最近的《看云集》七个散文集里面选出三十篇文章，我乐于来写一篇序，是想藉这个机会以一个读者的资格说一说一晌读了岂明先生的文章所怀的一点意见与感想。

大家知道中国有一个《新青年》时期，即所谓新文化运动，其实就是新文学运动，而这个新文学运动又即是白话文学运动，因为其主要的目的是以白话打倒文言，胡适之先生是揭竿而起的第一功臣，于是有一些人响应，岂明先生是其一，而对于新文学内容上岂明先生却又多有所填实，这是当然的，因为岂明先生于一九零九年已在日本刊行《域外小说集》，与近代的欧洲文学已有所接触，一到中国的新文学成了运动，这一个潜伏着的力量自然有了效用，因此我尝想，《域外小说集》是一部很有历史价值的书。

在《雨天的书》《自序二》里面，岂明先生说他编校这本小书毕，仔细思量一回，不禁有点惊诧，“我原来乃是道德家，……我平素最讨厌的是道学家（或照新式称为法利赛人），岂知这正因为自己是一个道德家的缘故；我想破坏他们的伪道德不道德的道德，其实同时非意识的想建设起自己所信的新的道德来”。这是实在的，而且也是当然的，既然有了新文化运动，就必然对于礼教兴起攻击之师，这就好比一个冒险的快乐，因为礼教正是艺术与科学所不相容的东西，而它又正是旧社会的全体，攻击者什么也无所有，而在这个无所有之中却正是浴着科学之光，呼吸艺术的空气，同时也就成为名教的罪人，是整个社会之敌。意大利文艺复兴时代的波加屈，法兰西的拉勃来，便是这一派的大师。在中国，礼教的历史最久，反抗礼教的人却最少，当时除岂明先生而外，只有鲁迅先生也常常表示他的一种反抗的呼声。岂明先生在《抱犊谷通信》一文里最见他的特色，于明澈的思想之中流通着一个慈祥的空气。

岂明先生一晌对于历史的态度，我在最近的三数年来每一想起不觉恻然有动乎中。他曾经有过这样的话：“昔巴枯宁有言，‘历史唯一的用处是警戒人不要再那么样，’我则反其言曰，‘历史的唯一的用处是告诉人又要这么样了！’”他仿佛总是就过去的情形推测将来的趋向，历史上有过的事情将来也还会有，人的老脾气总是没有法子改过来。这个对于中国的年青人好像是一个打击。在“五四”以后中国的社会运动发轫的时候，我正是一个青年，时常有许多近乎激烈的思想，仿佛新时代就在我们的眼前，那时同岂明先生见面谈话的材料差不多总是关乎实际问题的居多，我的有些意见他是赞同的，有些意见他则每每唯唯，似乎他不能与我同意，但也不打破我的理想。事实终于是事实，我随着中国的革命而长了若干年岁，这里头给了我不少的观察与参照，有一天我忽然省悟岂明先生信任历史的态度，从此我自己关乎中国的事情好像能彀有所知道。有人或者要问：“那么你们岂不抱的是个悲观态度？”这句话却不是这么说。这个态度或者也就是中国圣人所谓“知命”罢，不能说悲观，亦不能说乐观。然而我个人不想在这里发表意见，我只是想指出岂明先生一晌所取的一个历史态度是科学态度，一切都是事实。

我回到“新文化”这三个字来说。说实话，我总觉得新文化在中国未曾成立过。新文化应该是什么？我想那应该就是一个科学态度，也就是一个反八股态度。统观中国，无论那一家派，骨子里头还正是一套八股。当初大家做新诗，原是要打倒旧诗的束缚，而现在却投到西洋的束缚里去，美其名曰新诗的规律。张竞生提倡爱情定则，而不久张竞生乃是道学家的变本加厉。我不以为他昨是而今非，昨日也未必是，今日也未必非，本来只是一副八股的精神，所以经不住事实的试验，终于要现出原形相。不说别的，至今中国何曾有一个研究学问的空气？仍然脱不了一个“士”的传统，“学优”就“则仕”了，至少是要谈政治。整理国故算是一个可以夸口的成绩了，然而在我看依然同昔日书院门生是一鼻孔出气，所以他们可以不攻外国文，可以不同异方的材料比较，其成绩之佳者只不过为清代学者做尾声而已。我们何曾有新的历史学问？我们的文字学何曾能彀解决汉文的一个最重要的问题？我尝想，汉字既然有它的历史，它形成中国几千年的文学（尤其是诗的文学），能彀没有一个必然性在这里头？它的独特的性质到底在那里？如果有人从文字音韵上给我们归纳出一个定则来，则至少可以解决今日的新诗的问题。然而中国研究文字学的人，不去认过去的事实，却远远的望到将来去，把气力用于一个汉字拼音问题，我恐怕这也免不掉瞎子挂扁之讥，不能不说也是一种八股，因为它也是一种“主义”，八股便是主义的行家。所以我以为无论从那一方面讲新文化在中国未曾成立。岂明先生我想他是深有感于此，他再三说“我不是学者”，他说他是“打杂”，在这里便令我佩服他的“知”的态度，也就是科学态度；我又不禁想起达巷党人批评孔丘的话来，“博学而无所成名”，我觉得这句话很有意义。岂明先生是新文学运动者之一，但那时的新文学运动是一个浪漫的运动，这是当然的，大凡一个运动的开始恐怕都逃不了一个浪漫性，我们不可抹杀首倡者的功劳，然而运动开始以后，就得有人渐渐的认识事实，那这个运动才可以真正的得到一个“意识”，从而奠定它的基础，不致无源之水其涸可待，岂明先生到了今日认定民国的文学革命是一个文艺复兴，即是四百年前公安派新文学运动的复兴，我以为这是事实，本来在文学发达的途程上复兴就是一种革命。有人或者要问，新文学运动明明是受了欧洲文学的鼓动，何以说是明朝新文学运动的复兴呢？我可以拿一个比喻来回答，在某一地势之下才有某一条河流，而这河流可以在某种障碍之下成为伏流，而又可以因开濬而兴再流之势，中国文学发达的历史好比一条河，它必然的随时流成一种样子，随时可以受到障碍，八股算得它的障碍，虽然这个障碍也正与汉文有其因果，西方思想给了我们拨去障碍之功，我们只受了他的一个“烟士披里纯”，若我们要找来源还得从这一条河流本身上去找，我们的新文学运动正好上承公安派的新文学运动，由他们的文体再一变化自然的要走到我们今日的“国语的文学”，这是一个必然的趋势，我们自己就不意识着，它也必然的渐渐在那里形成，至于公安派人物当时鼓吹文学运动的思想与言论是怎样的与我们今日的新文学运动者完全一致，在这里我还可以不提，我只是就文学变化上一个必然性来说。我还补说一句，中国的近代文学必然的是在散文方面发达，诗则因发达之极致而走入穷途，因了散文的发达，必然的扩充到口语。胡适之先生也曾说中国文学史上一个时代有一个时代的文学，但适之先生的含义与我们今日所说的不同，适之先生似乎是把一个一个的时代截断了看，我们则认为是一整个的发达路程，各时代文学的不同有一个必然的变化在里头，古与今相生长而不相及，所以适之先生说文言文学是死文学，白话文学是活文学，而我们以为如是死文学则当生之日它已经是死的，白话文学只是文言文学的一个“穷则变”，而它自然的要与文言文学相承。有了这一个认识，我们今日的新文学运动才得了客观的意义，而它也自然的是“有诗为证”，从而承上起下，成为我们这一个时代的文学了。我再就新诗来说，岂明先生当初是做过新诗的，后来他乃说“诗的事情我不知道”，这个不知道正是他知道，他知道原来的新诗运动的意义之不合事实。胡适之先生最初白话诗的提倡，实在是一个白话的提倡，与“诗”之一字可以说无关，所以适之先生白话诗的尝试做了他的白话文学运动的先声。适之先生说中国的诗向来就是朝着白话方面走的，仿佛今日的这个白话诗是中国的诗的文学一个理想的标准。直到现在，一般做新诗的人都还是陷于一个混乱的意识之中，以为一定要做新诗，而新诗到底不知道应该是一个什么样子，大家纳闷而已。我个人承认中国的诗的文学（除了新诗）是中国文学发达上一个最光明的产物，充分的发展了中国文字之长，各时代各有其特色，我们今日的新诗如果可以成立，它也只是中国诗的一种，是一种体裁，而我们做新诗的人最好是能彀懂得旧诗的变迁，以及汉字对于中国诗的一个必然性，庶几我们也可有我们的成就，不致于牛头不对马嘴。此话说来不简单，今日我只是想指出我们对于新文学运动应该到了一个客观的认识时期而已。再想就二三年来所谓普罗文学运动说几句，不过这当然不能与以前的新文学运动并在一条线上去理会，我只是顺便提起罢了。这与文体问题毫未发生关系。方中国的普罗文学运动闹得像煞有价事的时候，一般人都仿佛一个新的东西来了，仓皇失措，岂明先生却承认它是载道派，中国的载道派却向来是表现着十足的八股精神。说到这里我不禁想起鲁迅先生，鲁迅先生与岂明先生重要的不同之点，我以为也正就在一个历史的态度。鲁迅先生有他的明智，但还是感情的成分多，有时还流于意气，好比他曾极端的痛恨“东方文明”，甚致于叫人不要读中国书，即此一点已不免是中国人的脾气，他未曾整个的去观察文明，他对于西方的希腊似鲜有所得，同时对于中国古代思想家也缺少理解，其与提倡东方文化者固同为理想派。岂明先生讲欧洲文明必溯到希腊去，对于希伯来，日本，印度，中国的儒家与老庄，都能以艺术的态度去理解它，其融汇贯通之处见于文章，明智的读者谅必多所会心。

鲁迅先生因为感情的成分多，所以在攻击礼教方面写了《狂人日记》，近于诗人的抒情；岂明先生的提倡净观，结果自然的归入于社会人类学的探讨而沉默。鲁迅先生的小说差不多都是目及辛亥革命因而对于民族深有所感，干脆的说他是不相信群众的，结果却好像与群众为一伙，我有一位朋友曾经说道：“鲁迅他本来是一个cynic，结果何以归人多数党呢？”这句戏言，却很耐人寻思。这个原因我以为就是感情最能障蔽真理。而诚实又唯有知识。

我想我上面的话说得很是平常，倒是一晌所想说的几句平常话，尚希岂明先生同大家的指教。

古槐梦遇小引

我曾有赠师兄一联，其文曰，“可爱春在一古树，相喜年来寸心知”，此一棵树，便是古槐梦遇之古槐也。记不清在那一年，但一定是我第一次往平伯家里访平伯，别的什么也都不记得，只是平伯送我出大门的时候，指了一棵槐树我看，并说此树比此屋还老，这个情景我总是记得，而且常常对这棵树起一种憧憬。等待要我把这憧憬写给你们看时，则我就觉得我的那对子上句做得很好。这是以前的话，如今却有点不同，提起来我还是对那棵树起一种憧憬，等待要我把这憧憬写给你们看时，则我就觉得平伯的“古槐梦遇”这四个字很好，平伯他未必知道他的记梦的题目，我却暗喜说得我的梦境也。“老年花似雾中看”，大概也很是一个看法，从前我住在西山，很喜欢看见路上一棵古松牵着似红似黄的许多藤花，有一天一个乡下人告诉我说这叫做凌霄花，我真是对于这位乡人怀着一种感谢，今日则一棵树的阴凉儿便觉得很是神秘，神秘者，朦胧之谓也。我从我所说的这糊涂话再来一思，是的，其间不无道理，年青的时候有大欢喜，逞异想，及其年事稍长，目力固然不大靠得住，却又失却梦的世界，凡事都在白日之中，这证之以孔圣人的“吾不复梦见”，可见是证据确凿的。那么古槐书屋的一棵树今日尚足以牵引我的梦境，吾其博得“吾家”冯妇之一点同情乎？其为乐也，亦非年青时所可得而冒牌者也。

我同平伯大约都是痴人，——我又自己知道是一个亡命的汉子，从上面的话便可以看得出一点，天下未必有那样有情的一棵树，其缘分总在这两个人。说起来生怕人家见笑似的，说我们有头巾气，自从同平伯认识以来，对于他我简直还有一个兄弟的情怀。且夫逃墨不必归于杨，逃杨亦未必就归于儒，吾辈似乎未曾立志去求归宿，然而正惟吾辈则有归宿亦未可知也。我常心里有点惊异的，平伯总应该说是“深闺梦里人”。但他实在写实得很，由写实而自然渐进于闻道，我想解释这个疑团，只好学时行的话说这是一种时代的精神。我这话好像也并不是没有根据，只看中国历史上的文坛人物都难逃出文人的范围（现在的文人自然也并不见得少），惟乱世则有一二诗人的确是圣人之徒，其中消息不可得而思之欤？

然而平伯命我为他的《古槐梦遇》写一点开场白，我不要拿这些白日的话来杀风景才好。于是我就告诉你们曰，作者实是把他的枕边之物移在纸上，此话起初连我也不相信，因为我的文章都是睁开眼睛做的，有一天我看见他黎明即起，坐在位上，拿了一枝笔，闪一般的闪，一会儿就给一个梦我看了，从此我才相信他的实话。于是我就赞叹一番曰，吾不敢说梦话，拿什么“谪仙”“梦笔”送花红，若君者其所谓不失其赤子之心者乎？愿你多福。

今年的暑假

我于民国十六年之冬日卜居于北平西山一个破落户之家，荏苒将是五年。这其间又来去无常。西山是一班士女消夏的地方，不凑巧我常是冬天在这里，到了夏天每每因事进城去。前年冬去青岛，在那里住了三个月，慨然有归与之情，而且决定命余西山之居为“常出屋斋”焉。亡友秋心君曾爱好我的斋名，与“十字街头的塔”有同样的妙处。我细思，确是不错的。其实起名字的时候我并没有想到许多。只是听说古有田生，十年不出屋，我则常喜欢到马路上走走，也比得上人家的开卷有得而已。今年春又在北平城内，北平有某一种刊物，仿佛说我故意住在“一个偏僻的巷子里”，那其实不然，我的街坊就是北平公安局长，马路是新建的，汽车不断的来往。今年我立了一个志，要写一个一百回的小说，名曰“芭蕉梦”，但只写好了一个“楔子”。我的《桥》于四月间出版，这是一部小说的一半，出版后倒想把他续写，不愿意有这么一个半部的东西，于是《芭蕉梦》暂且不表，我决定又来写《桥》。所以今年的夏天，我倒是有志来西山避暑，住在“一个偏僻的巷子里”。换句话说，走进象牙之塔。

山中方七日矣，什么也没有做。今天接到一个“讣”，音乐家刘天华君于月前死去。我不知道刘君，但颇有兴致来吊一吊琴师，自古看竹不问主人，“君善笛请为我一奏”，千载下不禁神往也。然而我辈俗物却想藉此来发一段议论。我曾同我的朋友程鹤西君说，文人求不朽，恐怕与科学制度不无关系，就是到了如今的崭新人物，依然难脱从来“士”的习气，在汉以前恐怕好得多，一艺之长，思有用于世，假神农黄帝之名。伯牙子期的故事，实在是艺术的一个很好的理想，澈底的唯物观，人琴俱亡，此调遂不弹矣。我乃作联挽刘天华君曰：

高山流水不朽

物是人非可悲

悼秋心（梁遇春君）

秋心君于六月二十五日以猩红热病故，在我真是感到一个损失。我们只好想到大块的寂寞与豪奢。大约两月前，秋心往清华园访叶公超先生，回来他向我说，途中在一条小巷子里看见一副对子，下联为“孤坟多是少年人”，于是就鼓其如莲之舌，说得天花乱坠，在这一点秋心君是一位少年诗人。他常是这样的，于普通文句之中，逗起他自己的神奇的思想，就总是向我谈，滔滔不绝，我一面佩服他，一面又常有叹息之情，仿佛觉得他太是生气蓬勃。日前我上清华园访公超先生，出西直门转进一条小巷，果然瞥见那副对子，想不到这就成了此君的谶语了。

我说秋心君是诗人，然而他又实在是写散文的，在最近两三年来，他的思想的进展，每每令我惊异，我觉得在我辈年纪不甚大的人当中，实在难得这样一个明白人，他对于东方西方一班哲人的言论与生活，都有他的亲切的了解。他自己的短短的人间世，也就做了一个五伦的豪杰，儿女英雄了。他的师友们都留了他的一个温良的印像，同时又是翩翩王孙。我同公超先生说起“五伦豪杰”四字，公超先生也为之点头。这四个字是很不容易的，现代人做不上，古代人做来又不稀奇，而且也自然的做得不好。

秋心君今年才二十七岁。以前他虽有《春醪集》行世，那不过是他学生时期的一种试作。前年我们刊行《骆驼草》，他是撰稿者之一，读他的文章的人，都感到他的进步。最近有两篇散文，一为《又是一年芳草绿》，一为《春雨》，将在《新月》月刊披露。关于这一方面，我很想说话。我常想，中国的新文学，奇怪得很，很少见外来的影响，同时也不见中国固有的文化在那里起什么作用。秋心君却是两面都看得出。我手下存着他去年写给我的一封信，里面有这一段话：

> 安诺德批评英国浪漫派诗人，以为对于人生缺乏明澈的体验，不像歌德那样抓到整个人生。这话虽然说得学究，也不无是处。所以太迷醉于人生里面的人们看不清自然，因此也不懂得人生了。自然好比是人生的镜，中国诗人常把人生的意思寄之于风景，随便看过去好像无非几句恬适的描写，其实包括了半生的领悟。不过像宋朝理学家那样以诗说道，倒走入魔了。中国画家仿佛重山水，不像欧洲人那样注意画像，这点大概也可以点出中国人是间接的。可是更不隔膜的，去了解人生。外国人天天谈人生，却常讲到题外了。

我觉得这话说得很好，正因为秋心君是从西方文学的出发点来说这话。至于中国诗人与画家是不是都能如秋心君所说，那是另外一回事。即此数十言语，已可看出秋心君的心得。再从我们新文学的文体上讲，秋心君之短命，更令人不能不感到一个损失。我常想，中国的白话文学，应该备过去文学的一切之长，在这里头徐志摩与秋心两位恰好见白话文学的骈体文的好处，不过徐君善于运用方言，国语的欧化，秋心君则似乎可以说是古典的白话文学之六朝文了。此二君今年相继而死，真是令人可惜的事。秋心君的才华正是雨后春笋，加之他为人平凡与切实的美德，而我又相知最深，哀矣吾友。

最后我引一段我们之间的事情。今年他做了一篇短文，所以悼徐志摩先生者，后来在《大公报文学副刊》（第二百二十三期）发表，当他把这短短的文章写起时，给我看，喜形于色："你看怎么样？"我说："Perfect！ Perfect！"他又哈哈大笑："没有毛病罢？我费了五个钟头写这么一点文章。以后我晓得要字斟句酌。"因为我平常总是说他太不在字句上用工夫。他前两年真是一个酒徒，每每是喝了酒午夜文思如涌。因了这篇短文章他要我送点礼物作纪念，我乃以一枚稿笔送他，上面刻了两行字，"从此灯前有得失，不比酒后是文章"，他接着很喜欢，并且笑道，"这两句话的意思很好，因为这个今是昨非很难说了"。

读论语

小时读熟的书，长大类能记得，《论语》读得最早，也最后不忘，懂得他一点却也是最后的事。这大约是生活上经验的响应，未必有心要了解圣人。日常之间，在我有所觉察，因而忆起《论语》的一章一句，再来翻开小时所读的书一看，儒者之徒讲的《论语》，每每不能同我一致，未免有点懊丧。我之读《论语》殆真是张宗子之所谓“遇”欤。闲时同平伯闲谈，我的意见同他又时常相合，斯则可喜。

一

子曰，诗三百，一言以蔽之曰，“思无邪”。愚按思无邪一言，对于了解文艺是一个很透澈的意见，其意若曰，做成诗歌的材料没有什么要不得的，只看作意如何。圣保罗的话，“凡物本来没有不洁净的，惟独人以为不洁净，在他就不洁净了”，是一个意思两样的说法，不过孔丘先生似乎更说得平淡耳。宋儒不能懂得这一点，对于一首恋歌钻到牛角读论语湾里乱讲一阵，岂知这正是未能“思无邪”欤，宁不令人叹息。中国人的生活少情趣，也正是所谓“正墙面而立”，在《中庸》则谓“人莫不饮食也，鲜能知味也”。愚前见吾乡熊十力先生在一篇文章里对于"人而不为周南召南其犹正墙面而立"很发感慨，说他小时不懂，现在懂得，这个感慨我觉得很有意义。后来我同熊先生见面时也谈到这一点，我戏言，孔夫子这句话是向他儿子讲的，这不能不说是一位贤明的父亲。

二

《中庸》言"诚"，孟子亦曰"反身而诚，乐莫大焉"。《论语》则曰"直"。我觉得这里很有意义。"直"较于"诚"然自平凡得多，却是气象宽大令人亲近，而"诚"之义固亦"直"之所可有也。大概学问之道最古为淳朴，到后来渐渐细密，升堂与入室在此正未易言其价值。子曰，"人之生也直"，又曰"斯民也三代之所以直道而行也"，又曰"以直报怨，以德报德"，从以直报怨句看，直大约有自然之义，便是率性而行，而直报与德报对言，直又不无正直之义。吾人日常行事，以直道而行，未必一定要同人下不去，但对于同我有嫌怨的人，亦不必矫揉造作，心里不能释然，亦人之情也。孔子比后来儒者高明，常在他承认过失，他说"直"，而后来标"诚"，其中消息便可寻思。曰"克己复礼为仁"，曰"观过斯知仁"，此一个"礼"与"过"认识不清，"克己"与"仁"俱讲不好，礼中应有生趣，过可以窥人之性情。愚欲引伸"直"之义，推而及此，觉得其中有一贯之处。

三

陶渊明诗曰，"遥遥沮溺心，千载乃相关"。愚昔闲居山野，又有慨于孔丘之言，“鸟兽不可与同群也，吾非斯人之徒与而谁与”。此言真是说得大雅。夫逃虚空者，闻人足音，跫然而喜，人之情总在人间。无论艺术与宗教，其范围可以超人，其命脉正是人之所以为人也。否则宇宙一冥顽耳。孔子栖栖皇皇，欲天下平治，因隐居志士而发感慨，对彼辈正怀无限之了解与同情，故其言亲切若此，岂责人之言哉。愚尝反复斯言，谓古来可以语此者未见其人。若政治家而具此艺术心境，更有意义。因此我又忆起“吾岂匏瓜也哉，焉能系而不食”之句，这句话到底怎么讲，我也不敢说，但我很有一个神秘的了悟，憧憬于这句话的意境。大约匏瓜之为物，系而不给人吃的，拿来做“壶卢”，孔子是热心世事的人，故以此为兴耳。朱注，“匏瓜系于一处，而不能饮食，人则不如是也”，未免索然。

知堂先生

林语堂先生来信问我可否写一篇《知堂先生》刊在“今人志”，我是一则以喜，一则以惧。喜者这个题目于我是亲切的，惧则正是陶渊明所云“惧或乖谬，有亏大雅君子之德，所以战战兢兢若履深薄云尔”。我想我写了可以当面向知堂先生请教，斯又一乐也。这是数日以前的事，一直未能下笔。前天往古槐书屋看平伯，我们谈了好些话，所谈差不多都是对于知堂先生的向往，事后我一想，油然一喜，我同平伯的意见完全是一致的，话似乎都说得有意思，我很可惜回来没有把那些谈话都记录下来，那或者比着意写一篇文章要来得中意一点也未可知。我们的归结是这么的一句，知堂先生是一个唯物论者，知堂先生是一个躬行君子。我们从知堂先生可以学得一些道理，日常生活之间我们却学不到他的那个艺术的态度。平伯以一个思索的神气说道：“中国历史上曾有像他这样气分的人没有？”我们两人都回答不了。“渐近自然”四个字大约能以形容知堂先生，然而这里一点神秘没有，他好像拿了一本自然教科书做参考。中国的圣经贤传，自古以及如今，都是以治国平天下为己任的，这以外大约没有别的事情可做，唯女子与小孩的问题，又烦恼了不少的风雅之士，我常常从知堂先生的一声不响之中，不知不觉的想起了这许多事，简直有点惶恐，我们很容易陷入流俗而不自知，我们与野蛮的距离有时很难说，而知堂先生之修身齐家，直是以自然为怀，虽欲赞叹之而不可得也。偶然读到《人间世》所载苦茶庵小文《题魏慰农先生家书后》有云，“为父或祖者尽瘁以教养子孙而不责其返报，但冀其历代益以聪强耳，此自然之道，亦人道之至也”。在这个祖宗罪业深重的国家，此知者之言，亦仁者之言也。

我们常不免是抒情的，知堂先生总是合礼，这个态度在以前我尚不懂得。十年以来，他写给我辈的信札，从未有一句教训的调子，未有一句情热的话，后来将今日偶然所保存者再拿起来一看，字里行间，温良恭俭，我是一旦豁然贯通之，其乐等于所学也。在事过情迁之后，私人信札有如此耐观者，此非先生之大德乎。我常记得当初在《新月》杂志读了他的《志摩纪念》一文，欢喜慨叹，此文篇末有云，“我只能写可有可无的文章，而纪念亡友又不是可以用这种文章来敷衍的，而纪念刊的收稿期又迫切了，不得已还只得写，结果还只能写出一篇可有可无的文章，这使我不得不重又叹息”。无意间流露出来的这一句叹息之声，其所表现的人生之情与礼，在我直是读了一篇寿世的文章。他同死者生平的交谊不是抒情的，而生死之前，至情乃为尽礼。知堂先生待人接物，同他平常作文的习惯，一样的令我感兴趣，他作文向来不打稿子，一遍写起来了，看一看有错字没有，便不再看，算是完卷，因为据他说起稿便不免于重抄，重抄便觉得多无是处，想修改也修改不好，不如一遍写起倒也算了。他对于自己是这样的宽容，对于自己外的一切都是这样的宽容，但这其间的威仪呢，恐怕一点也叫人感觉不到，反而感觉到他的谦虚。然而文章毕竟是天下之事，中国现代的散文，从开始以迄现在，据好些人的闲谈，知堂先生是最能耐读的了。

那天平伯曾说到“感觉”二字，大约如“冷暖自知”之感觉，因为知堂先生的心情与行事都有一个中庸之妙，这到底从那里来的呢？平伯乃踌躕着说道：“他大约是感觉？”我想这个意思是的，知堂先生的德行，与其说是伦理的，不如说是生物的，有如鸟类之羽毛，鹄不日浴而白，乌不日黔而黑，黑也白也，都是美的，都是卫生的。然而自然无知，人类则自作聪明，人生之健全而同乎自然，非善知识者而能之欤。平伯的话令我记起两件事来，第一我记起七八年前在《语丝》上读到知堂先生的《两个鬼》这一篇文章，当时我尚不甚了然，稍后乃领会其意义，他在这篇文章的开头说：

> 在我们的心头住着Du Daimone，可以说是两个——鬼。我踌躕着说鬼，因为他们并不是人死所化的鬼，也不是宗教上的魔，善神与恶神，善天使与恶天使。他们或者应该说是一种神，但这似乎太尊严一点了，所以还是委屈他们一点称之曰鬼。
>
> 这两个是什么呢？其一是绅士鬼，其二是流氓鬼。据王学的朋友们说人是有什么良知的，教士说有灵魂，维持公理的学者也说凭着良心，但我觉得似乎都没有这些，有的只是那两个鬼，在那里指挥我的一切的言行。这是一种双头政治，而两个执政还是意见不甚协和的，我却像一个钟摆在这中间摇着。有时候流氓占了优势，我便跟了他去傍徨，什么

大街小巷的一切隐密无不知悉，酗酒，斗殴，辱骂，都不是做不来的，我简直可以成为一个精神上的“破脚骨”。但是在我将真正撒野，如流氓之“开天堂”等的时候，绅士大抵就出来高叫：“带住，著即带住！”说也奇怪，流氓平时不怕绅士，到得他将要撒野，一听绅士的吆喝，不知怎的立刻一熘烟地走了。可是他并不走远，只在街头街尾探望，他看绅士领了我走，学习对淑女们的谈吐与仪容，渐渐地由说漂亮话而进于摆臭架子，于是他又赶出来大骂云云……

这样的说法，比起古今的道德观念来，实在是一点规矩也没有，却也未必不最近乎事理，是平伯所说的感觉，亦是时人所病的“趣味”二字也。

再记起去年我偶尔在一个电影场上看电影，系中国影片，名叫《城市之夜》，一个码头工人的女儿为得要孝顺父亲而去做舞女，我坐在电影场上，看来看去，悟到古今一切的艺术，无论高能的低能的，总而言之都是道德的，因此也就是宣传的，由中国旧戏的脸谱以至于欧洲近代所谓不道德的诗文，人生舞台上原来都是负担着道德之意识。当下我很有点闷窒，大有呼吸新鲜空气之必要。这个新鲜空气，大约就是科学的。于是我想来想去，仿佛自己回答自己，这样的艺术，一直未存在。佛家经典所提出的“业”，很可以做我的理想的艺术的对象，然而他们的说法仍是诗而不是小说，是宣传的而不是记载的，所以是道德的而不是科学的。我原是自己一时糊涂的思想，后来同知堂先生闲谈，他不知道我先有一个成见，听了我的话，他不完全的说道：“科学其实也很道德。”我听了这句话，自己的心事都丢开了，仿佛这一句平易的话说得知堂先生的道境，他说话的神气真是一点也不费力，令人可亲了。

新诗问答

问　可以谈谈关于新诗的意见么？

答　这倒是我喜欢谈的题目。据我所知道的现在作新诗的青年人，与初期白话诗作者，有着很不同的态度。

问　怎样的不同？

答　他们现在作新诗，只是自己有一种诗的感觉，并不是从一个打倒旧诗的观念出发的，他们与中国旧日的诗词比较生疏，倒是接近西方文学多一点，等到他们稍稍接触中国的诗的文学的时候，他们觉得那很好。他们不以为新诗是旧诗的进步，新诗也只是一种诗。

问　你对于这个态度取着什么意见？

答　我以为这个态度是正确的，可以说是新诗观念的一个进步。

问　有些初期做新诗的人，现在都不做新诗了，他们反而有点瞧不起新诗似的，不知何故？

答　据我所知道的初期做新诗的人现在确是不做新诗，这是他们的忠实，也是他们的明智，他们是很懂得旧诗的，他们再也没有新诗“热”，他们从实际观察的结果以为未必有一个东西可以叫做“新诗”。

问　看你的口气，对于刚才所说的两方面似乎都表示同意，然则你对于新诗到底取着什么态度？

答　是的，对于这两方面我都同意，正因为此，我觉得我们才有新诗可谈。然而我首先要谈谈旧诗，我对于新诗能够有我的一点意见，可以说是从旧诗看来的。我所谓旧诗，乃指着中国文学史上整个的诗的文学而说。

问　愿闻其详。

答　要怎样详细的说，我是没有那样的能力的，我只能就我所感得亲切的来说。我觉得中国以往的诗的文学，内容总有变化，虽然总有变化，自然而然的总还是“旧诗”。以前谈诗的人，也并不是不感觉到有一个变化，但他们总以为这是一种“衰”的现像，他们大约以为愈古的愈好。我想这个态度是不合理的。他们不能理会到这是诗的内容的变化，这个变化是一定的，这正是时代的精神。好比晚唐人的诗，何以能说不及盛唐呢？他们用同样的方法做诗，文字上并没有变化，只是他们的诗的感觉不同，因之他们的诗我们读着感到不同罢了。古今人头上都是一个月亮，古今人对于月亮的观感却并不是一样的观感，“永夜月同孤”正是杜甫，“明月松间照”正是王维，“举杯邀明月，对影成三人”正是李白。这些诗我们读来都很好，但李商隐的“嫦娥无粉黛”又何尝不好呢？就说不好那也是没有办法的，因为那只是他对于月亮所引起的感觉与以前不同。又好比雨，晚唐人的句子“春雨有五色，洒来花旋成”，这总不是晚唐以前的诗里所有的，以前人对于雨总是“雨中山果落”“春帆细雨来”这一类闲逸的诗兴，到了晚唐人，他却望着天空的雨想到花想到颜色上去了，这也不能不说是很好的想像。我首先所引的李商隐的“嫦娥无粉黛”，也正可以这样解释，他望着月亮，却想到粉白黛绿上去了。感觉的不同，我只能笼统的说是时代的关系。因为这个不同，在一个时代的大诗人手下就能产生前无所有的佳作。我还是拿李商隐来说，我看他的哀愁或者比许多诗人都美，嫦娥窃不老之药以奔月本是一个平常用惯了的典故，他则很亲切的用来做一个象征，其诗有云，“嫦娥应悔偷灵药，碧海青天夜夜心”，我们以现代人的眼光去看这诗句，觉得他是深深的感着现实的悲哀，故能表现得美，他好像想像着一个绝代佳人，青天与碧海正好比是女子的镜子，无奈这个永不凋谢的美人只是一位神仙了。难怪他有时又想到那里头并没有脂粉。

问　这样说倒很有趣，只是能够断定这一定是作诗人当时的意思么?

答　这话自然很难说，不过我们可以从他的许多诗看出他的灵魂之一致处。他爱用嫦娥与东方朔的典故，大约前者象征理想，后者象征现实，所以他说“窃药偷桃事难兼”。这还近乎表面的说法，若我们探到灵魂深处，可以窥见他对于颜色的感觉，他的诗中关于“月”与“夜”与“花”的联想似乎很特别，如李花诗有“自明无月夜”之句，白菊有“繁花疑自月中生”，又如“深夜月当花”“独夜三更月，空庭一树花”，我觉得这样的感觉在以前的唐诗里似少见，杜甫有“暗水流花径”，但杜诗引起读者的联想似乎只在夜里的水流，同“石泉流暗壁”一样的是杜甫的句子，倒是张籍的“夜月红柑树，秋风白藕花”动人颜色之感，至少我个人是如此。李商隐关于牡丹的诗每每说到夜里去了，《僧院牡丹》诗有“粉壁正荡水，缃纬初卷灯”之句，另外有一首《牡丹》，起头用些夜的典故，最后两句“我是梦中传彩笔，欲书花叶寄朝云”，我想这真当得起西洋批评家所说的Grand Style，他大约想像这些好看的花朵，虽然是黑夜之中，而颜色自在，好比就是诗人画就的寄给明日的朝阳。这样大抵就是“梦想”，也就是感觉过敏，对于现实太浓，势非跑到天上去不可了。他在另一牡丹诗里有两句“应怜萱草淡，却得号忘忧”，或者可以帮助我们解释这个意思。倘若我的话不是说得完全无稽，则前人把唐诗分作几期以为气体有盛衰之别，不能说是得其真相，他们何曾理会到内容的变化呢？各时代的诗都可作如是观，三百篇，古诗十九首，魏晋的诗，我们今日接触起来，都感得出这些诗里情感的变化。宋人姜白石的诗我读了也很新鲜（我以为白石词不如诗），觉得这也确不是唐诗里有的。我对于词，也感着一个内容的变化，《花间集》大体说来好比是绘画，宋人词好比是音乐，前者写色，后者写情。南宋人也自有他的内容，好比史邦卿咏雨的句子“临断岸新绿生时，是落红带愁流去”，这种情思实在很佳，却好像不是北宋所有的。中国的诗的文学，到词为止，都是令我自然而然的注视其各自的内容，到了元曲，我的看法却不同，我觉得曲，还是诗，但以诗的文学这个标准来论曲，它似乎没有什么特别的内容，只是体裁上由词而变成曲，所以我以为曲还是诗而没有独自的诗的价值，曲在文学史上的价值当以另一个观点去看。总而言之，我以为中国的诗的文学，到宋词为止，内容总有变化，其体裁也刚刚适应其内容，那一些诗人所做的诗都应该算是“新诗”，而这些新诗我想总称之曰“旧诗”，因为他们是运用同一性质的文字。初期提倡白话诗的人，以为旧诗词当中有许多用了白话，因而把那些诗词认为白话诗，我以为那是不对的，旧诗词，即我所称的“旧诗”，实在是在一个性质之下运用文字，那里头的“白话”是同单音字一样的功用，这便是我总称之曰“旧诗”之故。这样的诗的体裁，其所能表现的内容大约已经应有尽有，后人要再做诗填词，恐怕只是照壶卢画样，即算作者是天才，也总是居于被动的地位，体裁是可以模仿的，内容却是没有什么新的了。在另一方面后来有许多新的文学，如明人的散文，明清的小说，而这些新文学家也都做旧诗，他们的诗却并不怎么了不得，这未必是才力的关系。我再换一个说法，我们从散文与小说看来，古人的文章确是渐渐变到白话上来了，而且是有意的，只看《红楼梦》作者在开卷第一回的表明态度便可知道，他要用“贾语村言”，奇怪，曹雪芹偏偏还是做旧诗，这颇是令人纳闷的事情。白话文不待新文学运动已经有人写了，而这些写白话文的人不写白话诗，这好像是我们的新诗一个不好的预兆。这自然只是一句笑话，然而我想这里头或者也包含了一点道理。大凡一种新文学，都是这些新文学的作者有一种欲罢不能的势力然后他们的文学成功，至于他们是有意的或是无意的或者还没有关系，词与小说我想都是如此。这种欲罢不能的势力便成为文学的内容，这个内容每每自然而然的配合了一个形式，相得益彰，于是沛然若决江河莫之能御。说到这里我想把我的话作一个了结，我的重要的话只是这一句：我们的新诗首先要看我们的新诗的内容，形式问题还在其次。旧诗都有旧诗的内容，旧诗的形式都是与其内容适应的，至于文字问题在旧诗系统之下是不成问题的，其运用文字的意识是一致的，一贯下来的，所以我总称之曰旧诗。

问　然则什么是我们的新诗的内容呢？

答　这个我们还得谈旧诗。我说旧诗的内容尽有变化，其运用的文字却是一个性质，然而旧诗之所以成为诗，乃因为旧诗的文字，若旧诗的内容则可以说不是诗的，而是散文的。这话骤然听来或者有点奇怪，但请随便拿一首诗来读一下，无论是诗也好，词也好，古体诗也好，今体诗也好，其愈为旧诗的佳作亦愈为散文的情致，这一点好像刚刚同西洋诗相反，西洋诗的文字同散文的文字文法上的区别是很少的，西洋诗所表现的情思与散文的情思则显然是两种。中国诗中，像“前不见古人，后不见来者，念天地之悠悠，独怆然而涕下”，确是诗的内容，然而这种诗正是例外的诗。“姑苏城外寒山寺，夜半钟声到客船”，其所以成为诗之故，岂不在于文字么？若察其意义，明明是散文的意义。我先前所引的李商隐的“我是梦中传彩笔，欲书花叶寄朝云”，确不是散文的意义而是诗的，但这样的诗的内容用在旧诗便不称，读之反觉其文胜质，他的内容失掉了。这个内容倒是新诗的内容。我的意思便在这里，新诗要别于旧诗而能成立，一定要这个内容是诗的，其文字则要是散文的。旧诗的内容是散文的，其文字则是诗的，不关乎这个诗的文字扩充到白话。

问　你的意思仿佛可以明白，民间的歌谣大约是你所说的“散文的文字”？

答　歌谣确是可以做我们的新诗的参考，我们的歌谣是散文，但我们的歌谣也还能成为韵文，是自然的形成。我们的新诗如果能够自然的形成我们的歌谣那样，那我们的新诗也可以说是有了形式。不过据我的意见这是不大可能的，事实上歌谣一经写出便失却歌谣的生命，而诗人的诗却是要写出来的。写出来，文字上能成为诗，那正是旧诗。所以有人怀疑我们是不是有一个东西可以叫做新诗，那正是从诗的形式上实际观察的结果。

问　难怪你始终只是谈内容，我们的新诗首先要看我们的新诗的内容，原来新诗的诗的形式并没有！

答　我不妨干脆的这样说，新诗的诗的形式并没有。但我相信我们的时代正是有诗的内容的时代，我们的新诗正应该成功，也必得真有我们的新诗出现，我们的新文学才最有意义，单是散文的成绩，我们的新文学未必足以夸过古人，因为我们的散文本可以有一个形式上的成功，那怕文章的实质还赶不上古人。若我们的新诗成功了，我们的散文也必更有新的散文，恐不是一般人所能窥测的。这些话都近乎空话，有些固然是我自己信得过的，有许多则很出乎我的能力之外，不应该谈，其言不达意处，更请原谅。

北平通信

亢德先生：

《宇宙风》要在六月里出一个北平专号，我觉得这很有意义，我们住在北平爱北平的人还不藉这机会好好的来鼓吹北平的空气么？可惜我自已是有心而无力，关于北平实在想多写点文章，没有办法只好向海上的朋友作北平通信了。我并不能说我知道北平知道怎么多，连北平话都不会说，怎么能说知道北平呢？我大约是一个北平的情人，这情人却是不结婚的，因此对于北平可说一点也不知道，也因此知道北平的可爱，北平人自己反不知。这样说来，我同北平始终还是隔膜的。就我说，我是长江边生长大的，因此我爱北方，因此我爱江南。北平之于北方，大约如美人之有眸子，没有她，我们大家都招集不过来了。我们在北平总看不见湿意的云，“朝为行云暮为行雨”此地人读之恐无动于中，《高唐》一赋是白赋的了，此刻暮春已过初夏来了，这里还是刮冬天的风，我从前住在北平西郊的时候，有时要进城，本地人总是很关心的向我说，“今天不去，明天怕刮风”，我听了犹如不听，若东风吹马耳，到了第二天真个的每每就刮起风来了，于是我进城的兴会扫尽了，我才受了“今天不去明天怕刮风”这句话的打击，想到南边出门怕下雨。现在我倒觉得出门不怕下雨，而且有点喜欢，行云行雨大有行其所无事之意，这正是在这里终年不见湿云之故，夏天北平的大雨对于我也没有过坏的记忆，雨中郊外走路真个别有风趣，一下就下得那么大，城里马路岸上倒成了“河”，雨过天青小孩们都在那里“淌河”，也有虾蟆来叫一声两声了，——这样的偶叫几声，论情理应该使路旁我们江南之子起点寂寞，事实上却不然，不但虾蟆我们觉得他实在是喜欢，小孩们实在是喜欢，我也实在是喜欢了，记得小时我在家里每每喜欢偷偷的把和尚或道士法坛上的锣或鼓轻轻的敲打一下，声音一发作，我自己不亦乐乎又偷偷的跑了，和尚或道士，他们正在休息，似乎也乐得这个淘气的空气，并不以为怎么“犯法”，这个淘气的空气很有点像我在北平看小孩们淌河，听蛙鼓一声两声。我想这未必关于个人的性情，倒很可以表现北平的空气。北平在无论什么场合，总不见得怎样伤人的心。我只记得在东城隆福寺或西城护国寺白塔寺庙会里看见两样人物有点难为情，其一是耍叉的，一位老汉，冬天里光着脊梭，一个人在高台上自己的买卖范围里大显其武艺，抛叉人云，却不能招拢一个顾客来，我很替他寂寞，但他也实在只引起幽默的空气，没有江湖气，不知何故。再有一男子一女子仿佛是两口子伸着脖子清唱的，男的每唱旦，女的每唱生，两人都不大有气力，男的瘦长，面色苍白，唱完之后每每骂人没有良心，说：“我这也不容易嘞！”因为听唱的人走了不给钱。这两人留给我的印象算是最凄凉的，但我也实在没有理由去批评他们，虽然我心里有点责备而且同情于那位男子。总之北平总是近乎素朴这一方面。我还是来说我对于雨的空想。我如果不来北平住下十几年，一定不是现在这个雨之赞美者，自己也觉得很可笑。宋人词有句曰，“隔江人在雨声中”。这个诗境我很喜欢，但七个字要割去上面的两个字，“江”于我是没有一点感情的。“黄鹤楼上看翻船”，虽然在那里住了六七个年头，扬子江我也不觉得他陈旧，也不觉得它新鲜，不能想到他。上面我说我是长江边生长大的，其实真是我的家乡仿佛与长江了无关系，十五岁从家里出来同长江初见面尚在江西省九江县，距家九十里，更小的时候除了小学地理课程外不知有大江东去也。我说“隔江人在雨声中”七个字我只取其五个，那两个字大概是以一把伞代替之，至于这个雨天在什么地方，大约就在北平西直门外三贝子花园随便一个桥上都可以罢。从前做诗的时候，曾有意捏造了一首诗，是从古人的心事里脱胎出来的，诗题曰“画”，其词如左：

嫦娥说，
我未带粉黛上天，
我不能看见虹，
下雨我也不敢出去玩，
我倒喜欢雨天看世界，
当初我倒没有打把伞做月亮，
自在声音颜色中，
我催诗人画一幅画罢。

这总不外乎住在大平原的地方不云不雾天高月明因而害的相思病，没有雨乃雨催诗，所谓“点点不离杨柳外，声声只在芭蕉里”是也。天下岂有这样一尘不染的东西么？因为雨相思，接着便有革相思，这真是一言难尽的，我还是引一首歪诗来潦草塞责，这首诗是最近在梦里头做的，我生平简直没有这个经验，这一回却有诗为证，因此也格外的佩服古槐居士的“梦遇”，那天清早我一起来就把铅笔记录下来，曾念给槐居士听：

芳草无情底事愁　朝阳梦里泣牵牛
旧游不是长江水　独自藤花鹦鹉洲

事情是这样的，我梦见我到了鹦鹉洲，从前在武昌中学里念书的时候并没有去鹦鹉洲玩过，这回却到了鹦鹉洲，所谓鹦鹉洲者，便如诗里所记，别的什么东西都没有。后来我把这诗一看，便发现了破绽，看草色应该是春天的光景，然而花有牵牛，岂非秋朝么？我在南边似乎没有见过牵牛花，此花我看得最多又莫过北平香山一带，总而言之还是在沙漠上梦见江南草而已。我在北平郊外旷野上走路，总不觉得它单调，它只是令我想起江南草长。最近有一件不幸的事件发生，即是在知堂先生处得见《燕京岁时记》这一册书，书真是很可取，只是我读了一则起了另外一点心事，其记五月的石榴夹竹桃云：

“京师五月榴花正开，鲜明照眼，凡居人等往往与夹竹桃罗列中庭，以为清玩。榴竹之间，必以鱼缸配之，朱鱼数头，游泳其中，几于家家如此。故京师谚曰，天篷鱼缸石榴树。盖讥其同也。”

凡在“京师”住得久的人，我想都得欣赏“天篷鱼缸石榴树”这七个字，把北平人家描写得恰好。此七个字一映入我的眼帘，我对于北平起了一个单调的感觉，但这七个字实在不能移易，大有爱莫能助之概。原来我爱北平的街上（除了街上洋车拚命的跑），爱北平的乡下，爱北平人物，对于北平的人家，“几于家家如此”，则颇有难言之感。我还想把北平街上我所心爱的人物说一点，这群人物平常不知道干什么，我也总没有遇见一个相识的，他们好像是理想中的人物，一旦谁家有喜事或有丧事的时候他们便梦也似的出现，都穿上了彩衣，各人手上都有一份执事，有时细看其中有一名就是我们世界一位要饭的老太太，难得她老人家乔妆而其实是本面也在这队伍里滥竽，我总不觉得他们也会同我们说话的，他们好像懒于言语，他们确是各人有各人的灵魂，其不识不知的样子之不同，各如其囚首垢面，他们若无其事的张目走路，正如若无其事的走路打瞌睡，他们大约只贪赌博，贪睡觉，在没有走上十字街头以前，还在红白喜事人家的门墙之外的时候，他们便一群一群的作牧猪奴戏，或者好容易得到一块地盘露天之下一躺躺一个黑甜，不知从那里得了一道命令忽然大家都翻起身来干正经的去了，各人有各人一份执事，作棺材之先行，替新姑娘拿彩仗。我的话一定有人不相信的，其实情形确是如此，我知道这些市民都是无产阶级，我由这些人又幻想“梁上君子”，——这是说我有点思慕他们，他们决不会到我家里来，而我又明白他们的身分，故我思慕此辈为君子，一定态度很好。十年以前我同一位北大同学谈到北平杠房的人物，他对于我的话颇有同感，他另外还告诉我一件有趣的事情，我曾记录下来作了一点小说材料，他说他有一回在北大一院门口看见人家出殡，十六人抬一棺材，其中有一人一样的负重举步，而肩摩踵接之不暇他却在那里打瞌睡。敢情北京人是真个有闲。匆匆不多写。

小园集序

此时已是今夜更深十二时了罢，我不如赶快来还了这一笔文债，省得明天早晨兴致失掉了，那是很可惜的事，又多余要向朱君说一句话对不起序还没有写也。今夜已是更深十二时也，我一口气一叶叶的草草将朱君英诞送来的二册诗稿看完了，忍不住笑，忍不住笑也。天下有极平常而极奇的事，所谓乐莫乐兮新相知也。其实换句话说也就是，是个垃圾成个堆也。今日下午朱君持了诗稿来命我在前面写一点文章，这篇文章我是极想写的，我又晓得这篇文章我是极不能写也，这位少年诗人之诗才，不佞之文绝不能与其相称也，不写朱君又将以为我藏了什么宝贝不伸手出来给人也，我又岂肯自己藏拙不出头赞美赞美朱君自家之宝藏乎，决非本怀也。去年这个时候，诗人林庚介绍一个学生到我这里来，虽然介绍人价值甚大，然而来者总是一学生耳，其第一次来我适在病榻上，没有见，第二次来是我约朱君来，来则请坐，也还是区区一学生的看待，朱君当头一句却是问我的新诗意见，我问他写过新诗没有，他说写过，我给一个纸条给他，请他写一首诗我看，然后再谈话，他却有点踌躇，写什么，我看他的神气是他的新诗写得很多，这时主人之情对于这位来客已经优待，请他写他自己所最喜欢的一首，他又有点不以为然的神气，很难说那一首是自己所最喜欢的，于是来客就拿了主人给他的纸条动手写，说他刚才在我的门口想着做了一首诗，就写给你看看，这一来我乃有点惶恐，就将朱君所写的接过手来看，并且请他讲给我听，我听了他的讲，觉得他的诗意甚佳，知道这进门的不是凡鸟之客，我乃稍为同他谈谈新诗，所谈乃是我自己一首《掐花》，因为朱君说他在杂志上读过这一首诗，喜欢这一首诗，我就将这一首诗讲给他听，我说我的意思还不在爱这一首诗，我想郑重的说明我这首诗的写法，这一首诗是新诗容纳得下几样文化的例证。不久朱君的诗集《无题之秋》自己出版了，送一册给我，我读了甚是佩服，乃知道这位少年诗人的诗才也。不但此也，我的明窗净几一管枯笔，在真的新诗出世的时候，可以秋收冬藏也。所以我在前说一句是个垃圾成个堆，其实说话时忍不住笑也，这一大块锦绣没有我的份儿，我乃爱惜“獭祭鱼”而已。说到这里，这篇序已经度过难关，朱君这两册诗稿，还是从《无题之秋》发展下来的，不过大势之所趋已经是无可奈何了，六朝晚唐诗在新诗里复活也。不过我奉劝新诗人一句，原稿有些地方还得拿去修改，你们自己请郑重一点，即是洞庭湖还应该吝惜一点，这件事是一件大事，是为新诗要成功为古典起见，是千秋事业，不要太是“一身以外，一心以为有鸿鹄之将至”也。若为增进私人的友爱计，这个却于我无多余，是獭祭鱼的话，秋应为黄叶，雨不厌青苔也。是为序。

蝇

我故意取这一个字做题目，让大家以为我是讨厌苍蝇。我的意思不是那样，我是想谈周美成的一首词，看他拿蝇子来比女子，而且把这个蝇子写得多么有个性，写得很美好。看起来文学里没有可回避的字句，只看你会写不会写，看你的人品是高还是下。若敢于将女子与苍蝇同日而语之，天下物事盖无有不可以入诗者矣。在《片玉集》卷之六“秋景”项下有《醉桃源》一首，其词曰：

> 冬衣初染远山青，双丝云雁绫，夜寒袖湿欲成冰，都缘珠泪零。 情黯黯，闷腾腾，身如秋后蝇，若教随马逐郎行，不辞多少程。

杜甫诗，“况乃秋后转多蝇”，我们谁都觉得这些蝇儿可恶，若女儿自己觉得自己闷得很，自己觉得那儿也不是安身的地方，行不得，坐不得，在离别之后理应有此人情，于是自己情愿自己变做苍蝇，跟着郎的马儿跑，此时大约拿鞭子挥也挥不去，而自己也理应知道不该逐这匹马矣。因了这个好比喻的原故，把女儿的个性都表现出来了，看起来那么闹哄哄似的，实在闺中之情写得寂寞不过，同时路上这匹马儿也写得好，写得安静不过，在寂寞的闺中矣。因了这匹马儿，我还想说一匹马。温飞卿词，“荡子天涯归棹远。春已晚，莺语空肠断。若耶溪，溪水西，柳堤，不闻郎马嘶”。第一句写的是船，我看这只船儿并不是空中楼阁，女儿眼下实看见了一只船，只是荡子归棹此时不知走到那里，“千山万水不曾行”，于是一只船儿是女儿世界矣。这并不是我故意穿凿，请看下面这一匹马，“柳堤，不闻郎马嘶”，同前面那只船一样的是写景，柳堤看见马，盼不得郎马，——不然怎么凭空的诗里会有那么一个声音的感觉呢？船是归棹，马也应是回来的马，一个自然要放在远水，一个又自然近在柳堤矣。这些都是善于描写女子心理。

志　学

孔子说他“十有五而志于学”，三十，四十，五十，六十一直说到七十岁的进步。十年以来，我好读《论语》，懂得的我就说我懂得，不懂得的我就觉得我不能懂得，前后的了解也有所不同，到得现在大致我总可以说我了解《论语》了。有趣的最是“志学”这一章。前几年我对于孔夫子所作他自己六十岁七十岁的报告，即“六十而耳顺，七十而从心所欲不逾矩”，不能懂得，似乎也不想去求懂得，尝自己同自己说笑话，我们没有到六十七十，应该是不能懂得的。那时我大约是“三十”，那么四十五十岂非居之不疑吗？当真懂得了吗？这些都是过去了的话，现在也不必去挑剔了。大约是在一二年前，我觉得我能了解孔子耳顺与从心的意思，自己很是喜悦，谁知此一喜悦乃终身之忧，我觉得我学不了孔夫子了，颇有儿女子他生未卜此生休的感慨。去年夏间我曾将这点意思同吾乡熊十力先生谈，当时我大约是有所触发，自己对于自己不满意。熊先生听了我的话，沉吟半晌，慢慢说他的意思，大意是说，我们的毛病还不在六十七十，我们乃是十五而志于学没有懂得，我们所志何学，我们又何曾志学，我们从小都是失学之人。此言我真是得益不少。去年“重九”之后，在我三十五生日的时候，我戏言，我现在大约才可以说四十岁的事情了，这个距离总很不远。是的，今日我可以说“不惑”。回转头来，对于十五志学，又很觉有趣。自己的好学，应自即日问学，自即日起也无妨做一个蒙师，首先我想教读自己的孩子。金圣叹为儿子批《水浒》的意思是很可敬重的，孔子问伯鱼学没有学过《周南》《召南》（读），我自己还想从头（读）《周南》《召南》也。

去年“腊八”我为我的朋友俞平伯先生所著《槐屋梦寻》作序，《梦寻》的文章我最所佩服，不但佩服这样的奇文，更爱好如此奇文乃是《周南》《召南》。我的序文里有一句话，“若乱世而有《周南》《召南》，怎不令人感到奇事，是人伦之美，亦民族之诗也”。我曾当面同俞先生谈，这句话恐怕有点缠夹，这里我很有一点感慨，《周南》《召南》系正风，但文王之世不亦为乱世乎？小时在私塾里读《了凡钢鉴》，有一句翻案文章我还记得，有人劝甲子之日不要兴兵，理由是“纣以甲子亡，”那位皇上答道：“纣以甲子亡，武王不以甲子兴乎？”我说“乱世而有《周南》《召南》”，不仅是赞美《国风》里的诗篇，是很有感慨的，很觉得《周南》《召南》是人伦之美，民族之诗也。

三竿两竿

中国文章，以六朝人文章最不可及。我尝同朋友们戏言，如果要我打赌的话，乃所愿学则学六朝文。我知道这种文章是学不了的，只是表示我爱好六朝文，我确信不疑六朝文的好处。六朝文不可学，六朝文的生命还是不断的生长着，诗有晚唐，词至南宋，俱系六朝文的命脉也。在我们现代的新散文里，还有“六朝文”。我以前只爱好六朝文，在亡友秋心居士笔下，我才知道人各有其限制，“你不能做我的诗，正如我不能做你的梦”，此君殆六朝才也。秋心写文章写得非常之快，他的辞藻玲珑透澈，纷至沓来，借他自己《又是一年芳草绿》文里形容春草的话，是“泼地草绿”。我当时曾指了这四个字给他看，说他的泼字用得多么好，并笑道，“这个字我大约用苦思也可以得着，而你却是泼地草绿”。庾信文章，我是常常翻开看的，今年夏天捧了《小园赋》读，读到“一寸二寸之鱼，三竿两竿之竹”，怎么忽然有点眼花，注意起这几个数目字来，心想，一个是二寸，一个是两竿，两不等于二，二不等于两吗？于是我自己好笑，我想我写文章决不会写这么容易的好句子，总是在意义上那么的颠斤簸两。因此对于一寸二寸之鱼三竿两竿之竹很有感情了。我又记起一件事，苦茶庵长老曾为闲步兄写砚，写庾信《行雨山铭》四句，

“树入床头，花来镜里，草缘衫同，花红面似”。那天我也在茶庵，当下听着长老法言道，“可见他们写文章是乱写的，四句里头两个花字”。真的，真的六朝文是乱写的，所谓生香真色人难学也。

水浒第十三回

我尝劝学生读金圣叹第五才子书，对于自己作文总很有益处。只可惜中国小说于男子妇人间的事情总写不好，此盖是民族精神的致命伤，缺乏健全思想，无可如何也。《红楼梦》的空气要算是最好的，虽然贾宝玉的名誉太大，我不想替他宣传，然而《红楼梦》尊重女子人格这一点，又怎不令我们佩服。据考证家的报告，这又却是满洲人的光荣。《水浒》所写的是英雄好汉，但中国的绿林同文人士大夫也还是一个传统，故秋心君曾向我发泄其愤怒，他说他最讨厌武松，理由是："武松杀丫环！"此君大约是熟读欧洲中世纪骑士的故事，其愤怒我可以同情也。金圣叹第五才子书《水浒传》我总劝学生们读读，可以启发文思，我记得我从前读到杨志在黄泥冈上生辰纲被打劫了的时候，眼看着十四个伙计软倒地下，起来不得，"树根头拿了扑刀，挂了腰刀，周围看时，别无物件，杨志叹了口气，一直下冈子去了"，在周围看时，别无物件，句下有批："只有满地枣子！写来绝倒。"金圣叹先生这一笔，我当时很得到喜悦，仿佛把黄泥冈再描写了一遍，满地枣子，又足以现得黄泥冈寂静矣。第五才子书第十三回下，圣叹有一段文章，至今我很是佩服。这一回晁盖盖始出名，"我因是而想，有有全书在胸而始下笔著书者，有全书在胸而姑涉笔成书者。如以晁盖为一提纲挈领之人，而欲第一在便先叙起有，此所谓无全书在胸而姑涉笔成书者也。若既以晁盖为第一部提纲挈领之人，而又不得不先放去一十二回，直至第十三回方与出名，此所谓有全书在胸而后下笔著书者也”。这样的著书之人，这样的批书之人，都可以做我们的老师者也。我们虽不必学著书，却无妨学这一点安闲的态度，即是预备好好的做工作。唐人诗句，“闭户著书多岁月，种松皆作老龙鳞”，其实是无全书在胸而姑涉笔成趣者也，不如金圣叹的话亲切而有味。在鲁智深倒拔垂杨柳那一回，批书之人曾将“施耐庵”之名，作一句文章，“发愤作书之故，其号耐庵不虚也”。这个作书之故我们不管他，这个批书之人，“予日欲得见斯人矣”。

无　题

我在《水浒第十三回》一篇小文里，称赞金圣叹“此所谓有全书在胸而后下笔著书者也”的说法。这句话的价值，当然是因为《水浒》的价值而有价值，不然则未必能以逗得我们的欢乐。在那个反对的方向，其实也有一个极大的欢乐，即是“无全书在胸而姑涉笔成书者也”。可惜我这番佳话不能说与金圣叹听，圣叹听之当为我浮一大白。此无全书在胸而姑涉笔成书之书为何书？乃外国的《水浒传》。乃世界无比的《吉诃德先生》。可惜这部书我们没有一部好好的翻译，虽然著者西万提司先生在中国的明朝末年曾这样戏言过，说是中国皇帝有信给他，叫他把这一部小说寄去，以便作北京学校里西班牙语教科书用。这部书最有意思的地方，至少我个人觉得最有意思，乃是无全书在胸，而姑涉笔成书，其价值恐在《水浒》以上也。我这样说，一点也不是长他人之威风，灭自己的志气，因为我尝私自里说一句大话，如果硬要我做一部小说作北京学校里教科书用，限十年二十年交卷，《水浒传》我只好五体投地，不敢效颦自分才力不及，若他人的《吉诃德先生》，我确想较一日之短长。其原因，当然因为“无全书在胸”，故尔说大话。我这句空话的意思，是因为《吉诃德先生》我国没有翻译本，我不便在读者大众之前说短论长，断定他的价值不在《水浒》以下，故尔以区区良心为凭。外国也有金圣叹，他们说，《吉诃德先生》，西万提司本来没有什么计划的，当他执笔著书的时候，连那么一个主脚，吉诃德先生的从卒山差邦札，起初也不在他的心眼里，一直到路上听见一个店主人的话，岂有骑士出游而不带从卒的事情我们的吉诃德先生乃回转头来携带我们的山差邦札出门了。所以在《吉诃德先生》上卷第七回山差邦札始与出名。我想，不但骑士出游应该有一个Squire，《吉诃德先生》没有山差邦札一定是写不好的。

在《第六才子书读法》里头，金圣叹也有妙语。《西厢记》其实只是一字。《西厢记》是何一字？《西厢记》是一无字。赵州曰，你是不会，老僧是无。《西厢记》是此一无字。何故《西厢记》是此一无字？此一无字是一部《西厢记》故。圣叹此一无字的艺术论，其实就是“无全书在胸”的意思。若都要有全书在胸然后下笔著书，此事岂不甚难，所以我们平常作文也不要成心做题目。圣叹自己解释得好，“最苦是人家子弟，未取笔，胸中先已有了文字。若未取笔胸中先已有了文字，必是不会作文字的人”。又云，“最苦是人家子弟，提了笔，胸中尚无有文字。若提了笔胸中尚无有文字，必是不会做文字的人”。

陶渊明爱树

世人皆曰陶渊明爱菊，我今来说陶渊明爱树。说起陶公爱树来，在很早的时候我读《闲情》一赋便已留心到了。《闲情赋》里头有一件一件的愿什么愿什么，好比说愿在发而为泽，又恐怕佳人爱洗头发，岂不从白水以枯煎？愿做丝而可以做丝鞋，随素足周旋几步，又恐怕到时候要脱鞋，岂不空委弃于床前？这些都没有什么，我们大家都想得起来，都可以打这几个比方，独有“愿在昼而为影，常依形而西东，悲高树之多荫，慨有时而不同”，算是陶公独出心裁了，我记得我读到这几句，设身处地的想，他大约是对于树阴凉儿很有好感，自己又孤独惯了，一旦走到大树阴下，遇凉风暂至，不觉景与罔两俱无，惟有树影在地。大凡老农老圃，类有此经验，我从前在乡下住了一些日子，亦有此经验也。所以文章虽然那么做，悲高树之多荫，实乃爱树荫之心理。稍后我读《影答形》的时候，见其说着“与子相遇来，未尝异悲悦，憩荫若暂乖，止日终不别”，已经是莫逆于心了。在《止酒》一诗里，以“坐止高荫下”与“好味止园葵，大懽止稚子”相提并论，陶公非爱树而何？我屡次想写一点文章，说陶渊明爱树，立意却还在介绍另外一首诗，不过要从爱树说起。陶诗《读山海经》之九云：

夸父诞宏志，乃与日竞走。俱至虞渊下，
似若无胜负。神力既殊妙，倾河焉足有。
余迹寄邓林，功竟在身后。

这首诗我真是喜欢。《山海经》云，夸父不量力，欲追日景，逮之于禺谷，渴欲得饮，饮于河渭，河渭不足，北饮大泽，未至，道渴而死，弃其杖，化为邓林。这个故事很是幽默。夸父杖化为邓林，故事又很美。陶诗又何其庄严幽美耶，抑何质朴可爱。陶渊明之为儒家，于此诗可以见之。其爱好庄周，于此诗亦可以见之。“余迹寄邓林，功竟在身后”，是作此诗者画龙点睛。语云，前人栽树，后人乘荫，便是陶诗的意义，是陶渊明仍为孔丘之徒也。最令我感动的，陶公仍是诗人，他乃自己喜欢树荫，故不觉而为此诗也。“连林人不觉，独树众乃奇，提壶挂寒柯，远望时复为”，他总还是孤独的诗人。

钓　鱼

我出这个题目，很有点近乎赋得。在我的灵魂里连一丝钓鱼的影子也没有，只有竹竿，然而我写了这个题目动手写文章了。今天下午得到古渔翁寄来的一封信，信封是砖鱼，信纸又恰是渔翁用具的画，其八行则是子钓而不“钓”的空气，寒斋甚得快乐，心想我来写一个钓鱼的题目罢，于是就写了这一个题目，很有点像古渔翁当年写《金鱼》。我不知怎的小时有许多可记忆的事情，也记得钓鱼，最记得族里一位叔叔钓，这件事情却与我没有关系，即是说钓鱼于我没有感情，我直觉的我不能写出一篇钓鱼的文章来，他如放风筝我大约可以写得佳作，再如钓鱼用的竿子也可写得佳作。记得故乡城外河边竹林里儿时曾如何的想到那里得一竿竹子，有时望着竹林动了偷心，想偷得一竿竹子跑。看见人家在那里买竹子拿去作钓竿，家里却不给钱我也来买一竿竹子了。我只喜欢有这一竿竹子。我为什么不喜欢钓鱼，从小如此，说不出所以然来，但勉强推求起来，这里恐怕很有原故，关乎个人的性格。就到现在，孔夫子我事事佩服，惟独他老先生“钓而不网，弋不射宿”两桩行事，我读之毫无爱好，这不是从品行上立论，乃是从兴趣立论。若印度圣人“投身饲饿虎”的故事，我读之大有冯妇攘臂下车的欢喜，我觉得我能了解这个意思。孔子钓鱼的意思则不能了解。这些都不是从品行上论，乃从兴趣立论，若论品行我岂敢开口。我对于钓鱼打猎虽无兴趣，若知道孔圣人怎么钓鱼，怎么打猎，却是有趣味的事情。他如他老先生爱听音乐，“三月不知肉味”，记得很幽默。我所觉得好玩的，他老先生在卫敲磬，门外挑草器的普罗同志何以爱管闲事，同他老人家挑眼儿作诛心之论？说到这些，孔子钓鱼，我又仿佛能以了解。

中国文章

中国文章里简直没有厌世派的文章，这是很可惜的事。我这话虽然说得有点儿游戏，却也是认真的话。我说厌世，并不是叫人去学三闾大夫葬于江鱼之腹中，那倒容易有热中的危险，至少要发狂，我们岂可轻易喝采。我读了外国人的文章，好比徐志摩所佩服的英国哈代的小说，总觉得那些文章里写风景真是写得美丽，也格外的有乡土的色采，因此我尝戏言，大凡厌世诗人一定很安乐，至少他是冷静的，真的，他描写一番景物给我们看了。我从前写了一首诗，题目为“梦”，诗云：

我在女子的梦里写一个善字，
我在男子的梦里写一个美字，
厌世诗人我画一幅好看的山水，
小孩子我替他画一个世界。

我喜读莎士比亚的戏剧，喜读哈代的小说，喜读俄国梭罗古勃的小说，他们的文章里却有中国文章所没有的美丽，简单一句，中国文章里没有外国人的厌世诗。中国人生在世，确乎是重实际，少理想，更不喜欢思索那“死”，因此不但生活上就是文艺里也多是凝滞的空气，好像大家缺少一个公共的花园似的。延陵季子挂剑空垅的故事，我以为不如伯牙钟子期的故事美。嵇康就命顾日影弹琴，同李斯临刑叹不得复牵黄犬出上蔡东门，未免都哀而伤。朝云暮雨尚不失为一篇故事，若后世才子动不动“楚襄王，赴高唐”，毋乃太鄙乎。李商隐诗，“微生尽恋人间乐，只有襄王忆梦中”，这个意思很难得。中国人的思想大约都是“此间乐，不思蜀”，或者就因为这个原故在文章里乃失却一份美丽了。我尝想，中国后来如果不是受了一点儿佛教影响，文艺里的空气恐怕更陈腐，文章里恐怕更要损失好些好看的字面。我读中国文章是读外国文章之后再回头来读的，我读庾信是因为了杜甫，那时我正是读了英国哈代的小说之后，读庾信文章，觉得中国文字真可以写好些美丽的东西，“草无忘忧之意，花无长乐之心”，“霜随柳白，月逐坟圆”，都令我喜悦。“月逐坟圆”这一句，我直觉的感得中国难得有第二人这么写。杜甫《咏明妃诗》对得一句“独留青塚向黄昏”，大约是从庾信学来的，却没有庾信写得自然了。中国诗人善写景物，关于“坟”没有什么好的诗句，求之六朝岂易得，去矣千秋不足论也。

庾信《谢明皇帝丝布等启》，篇末云“物受其生，于天不谢”，又可谓中国文章里绝无而仅有的句子。如此应酬文章写得如此美丽，于此见性情。

女子故事

中国的事情都是该女子倒霉。一方面非女子不行，从秀才人情纸半张算起，以致于国家大事，都好像如此。到得事情弄糟了的时候，这些女子又自然无所逃于天地之间。只有孔夫子算是懂得平等道理的，他虽然说“唯女子与小人为难养也”，话确是嫌老实了一点，然而我想也可以博得现在摩登太太们的同情，她们自己屈尊到媒人店里去找老妈子，也只好默认孔夫子的话有真理。孔夫子另外一句话则应该令古今一切男子们害羞，“吾未见好德如好色者也”。真的，你们为什么不好德呢？你们也就不当好色。我写下“女子故事”这个题目，本意是关于做诗作文的，却不料下笔乃引起了男女两造的敌忾，殊为杀风景之至，未免被他褒女笑也，真是好笑得很。前回我因为写一篇小文说中国文章，拿了庾信的文章翻阅，见其《谢赵王赍丝布启》有“妻闻裂帛方当含笑”这么一句，有点自喜，心想我平日的论断恐怕很靠得住，庾信用典故应该是这么用，因为家里有许多新材料，自然要请裁缝来剪裁，于是女子自然喜欢，所以说“妻闻裂帛，方当含笑”了。若屈原的《天问》，虽然是心里有许多问题解决不了，“周幽谁诛焉得夫褒姒”，总之还是把女子与亡国两件事联在一起，只好算作“未能免俗”了。李商隐的《华清宫》，“未免被他褒女笑，只教天子暂蒙尘”，大约更是平空的自己好笑，有点故意效颦，但决无挖苦的意思。“巧笑知堪敌万几，倾城最在著戎衣，晋阳已陷休回顾，更请君王猎一围”，中国是否有这个倾城的女子不得而知，未必有这么大胆，总是诗人的胆大罢了。外国文学里倒可以找出这样的女子来。中国女人只可以哭不可以笑，所以杞梁之妻善哭，哭得敌人的城崩，笑则倾自己的城，亡自己之国了。孙武子的兵法是有名的，却也靠杀了两个女队长立威名，真是寒伧得可以。女人偏总是以好笑该死，谁叫你们不躲在闺中不出来呢？“梁王司马非孙武，且免宫中斩美人”，这却又是晚唐诗，诗意虽然可佳，总而言之这里头都很有危险性。“景阳宫井剩堪悲，不尽龙鸾誓死期。肠断吴王宫外水，浊泥犹得葬西施。”这一首《景阳井》，我觉得很好，诗里有两条冤鬼，一位就是张贵妃，一位是很古的西施。西施的事情我们不大清楚，只假定她是“水葬”，张贵妃同了亡国之君逃入井，自然是想不死，自然又被拖出来斩了，据说斩之于清溪。李商隐乃写这个景阳井。诗写得很美，其情亦悲，这些事情总不能怪女子，于是只有空井可哀，“肠断吴王宫外水，浊泥犹得葬西施”了。说来说去都是女子不幸，男子可羞。最后我却要引一段文章，是《聊斋志异》上面的，不可谓非难得，两株牡丹花变了两个女子，又由曹州姊妹变而为洛阳妯娌，在某生者家里做人家，“由此兄弟皆得美妇，而家又日以富。一日，有大寇数十骑突入第，生知有变，举家登楼。寇入围楼。生俯问有仇否。答言无仇，但有两事相求，一则闻两夫人世间所无，请赐一见；一则五十八人，各乞金五百。聚薪楼下，伪纵火计以胁之。先允其索金之请，寇不满志，欲焚楼。家人大恐。女欲与玉版下楼，止之不听，炫妆而下，阶未尽者三级，谓寇曰，我姊妹皆仙媛，暂时一履尘世，何畏寇盗，欲赐汝万金，恐汝不敢受也。寇众一齐仰拜，喏声不敢。姊妹欲退。一寇曰，此诈也。女闻之，反身伫立，曰，意欲何作，便早图之，尚未晚也。诸寇相顾，默无一言。姊妹从容上楼而去。寇仰望无迹，哄然始散”。我们读之浮一大白。

神仙故事（一）

中国诗里用神话做典故，我们可以有几种读法。屈原《离骚》曰，“朝发轫于苍梧兮，夕余至乎县圃。欲少留此灵琐兮，日忽忽其将暮。吾令羲和弭节兮，望崦嵫而勿迫”。这里羲和便等于一名马车夫，因为他是御日的，诗人生怕太阳赶快落了，就叫羲和慢一点走。不过话经我一翻译，现得淘气一点，原文只是一个高贵的身分，另外不表现着什么个性了。所以《离骚》里的神话典故，等于辞藻，这一份辞藻又等于代词，犹如后世称女子说是“月里嫦娥”，说是“电影明星”罢了。有一种用典故，也可以说等于辞藻，不过这里却有着作者的幻想，如庾信《舟中望月》有云，“天汉看珠蚌，星桥视桂花”，便已开了晚唐的风气，他仿佛天河里自然也有蚌蛤，明月正好看珠蚌，月中桂花，星桥也正好看不过了。有一种借用神话，如陶渊明性嗜酒，家贫不能常得，正遇“翩翩三青鸟，毛色奇可怜”，为西王母取食，于是诗人便托此鸟告诉王母，“在世无所须，惟酒与长年”。这可以说是近乎人情。又如李商隐有一首绝句，“海客乘槎上紫氛，星娥罢织一相闻，只应不惮牵牛妒，聊用支机石赠君”。因为相传有一个故事，昔有人寻河源，经月而至一处，见一女织，一丈夫牵牛饮河，问此是何处，女与一石而归，问严君平，君平曰，此织女支机之石，所以李商隐写那么一首诗了，把织女写得同凡女一样，近乎人情。庾信有《见征客始还遇猎》一诗，先说这位征客犹乘战马未解戎衣，就遇着逐猎，自然就猎一围，然后云，“故人迎借问，念旧始依依，河边一片石，不复肯支机”。也无非是说家中织女正望牵牛，不要在这里打猎。“河边一片石”这一句在这里接得很美，非俗手可及。李商隐的“直遣麻姑与搔背，可能留命待桑田”，于人情之中又稍带理想，大约他很不高兴沧海变为桑田这一回事，想着麻姑那个鸟爪似的手，最好就打发她去替人家搔背，或者可以耽误一点时间了。有时又想着叫她栽一点别的东西，所以祷告西王母，“好为麻姑到东海，劝栽黄竹莫栽桑”了。若《听雨梦后作》又云，“瞥见冯夷殊怅望，鲛绡休卖海为出”，写得更像煞有介事似的，很令人同情。鲛人水居如鱼，不废织绩，时出人家卖绡，于是河伯在那里怅望，鲛人你不要卖了，海中行复扬尘矣。这些地方，较之屈原“使湘灵鼓瑟兮，令海若舞冯夷”，便很有差别，屈原的写法容易使人雷同。屈原确是长于辞藻，“帝子降兮北渚，目眇眇兮愁予，嫋嫋兮秋风，洞庭波兮木叶下”。“筑室兮水中，葺之兮荷盖。”“山中人兮芳杜若，饮石泉兮荫松柏，君思我兮然疑作。雷填填兮雨冥冥，猿啾啾啾兮又夜鸣，风飒飒兮木萧萧，思公子兮徒离忧。”是长袖起舞，非丑妇可以效颦者也。这篇神仙故事话未完，聊咏《九歌》作结。

神仙故事（二）

十八年来堕世间，瑶池归梦碧桃闲。如何汉殿穿针夜，又向窗中觑阿环。

右李商隐《曼倩辞》。我以前曾讲陶渊明《读山海经》第九首，用夸父故事写诗，将整个诗人的态度都表现给我们。李商隐的《曼倩辞》亦有此特色，虽然稍简单一点，这一位诗人的风度却已大致描画出来了。这样用神仙故事，中国诗人里难有第三者。《东方朔别传》，朔谓同舍郎曰，天下人无能知朔，知朔者惟太王公耳。朔卒后，武帝召太王公问之曰，尔知东方朔乎？公曰，不知。公何所能？曰，颇善星历。帝问诸星具在否？曰，具在，独不见岁星十八年，今复见耳。帝叹曰，东方朔在朕旁十八年而不知是岁星哉！惨然不乐。于是李商隐的《曼倩辞》又更加了一番色彩，意思是说你来到世间一十八年（金圣叹批曰，苏武争禁十九年！），天天梦想家里，大约真是“灵风正满碧桃枝”了，然而在那一夜里何以又钻他窗纸，觑我们世上的女子呢？这里有好几个典故，解诗人自己用的典故不算，作诗人用的典故大概是这样，《博物志》，七月七日夜七刻，王母降于九华殿，王母索七桃，以五枚与帝，母食二枚，惟母与帝对坐，其从者皆不得进，时东方朔窃从殿南厢朱鸟牖中窥母，母顾之谓帝曰，此窥牖小儿尝三来盗我桃。又《汉武内传》，七月七日西王母降于宫中，遣侍女与上元夫人相问，须臾上元夫人遣问云，“阿环再拜，上问起居”。随后上元夫人也到了。可见东方朔并没有向窗中觑阿环，窥老乡亲又被她看见了，然而做诗的却说“又向窗中觑阿环”。有人说，“方朔既窥王母，则亦觑阿环矣”。事实上有此可能，故纸堆中总没有。总之诗人做诗又是一回事，等于做梦，人间想到天上，天上又相思到人间，说着天上乃是人间的理想，是执著人间也。其《北青萝》诗有云，“世界微尘里，吾宁爱与憎”，话便说得直率。其咏嫦娥，“嫦娥应悔偷灵药，碧海青天夜夜心”，与《曼倩辞》是一个灵魂的光点也。大凡理想的诗人，乃因为他凡人的感觉美，说着瑶池归梦，便真个碧桃闲静矣。说着嫦娥夜夜，便真个月夜的天，月夜的海，所谓“沧海月明珠有泪”，也无非是一番描写罢了，最难。是此夜月明人尽望，他却从沧海取一蚌蛤。我从前写小说的时候，将王维的一瓣梨花夸大的说，“黄莺弄不足，含入未央宫”“一座大建筑，写这么一个花瓣”。若李商隐的沧海珠泪，非我故意夸张，本来如此也。我现在并不是写小说，乃是说诗，能得古人心者也。

赋得鸡

李商隐有一首绝句，题作“东南”，若用新式标点符号便该这样标点：

东南一望日中乌，欲逐羲和去得无？——且向秦楼棠树下，每朝先觅照罗敷！

我在北京大学课堂上讲新诗的时候，曾说像这样的旧诗绝句乃是新诗的题材，因为旧诗用典故结果这首诗好像文胜质，其实他的质很重，好像他应该严装而他便装了。此诗三四两句，乃好容易抓住乐府《陌上桑》而得解脱，“日出东南隅，照我秦氏楼，秦氏有好女，自名为罗敷”。诗人即景生情，望着远远的太阳想到什么人去了，大约真是天涯一望断人肠，于是就做起诗来，诗意是说，追太阳去是不行的，——这是望了今天的太阳而逗起的心事，于是又想到明天早晨“日出东南隅”，在那个地方有一个人儿，太阳每天早晨都照着她罢！所以这首诗是由一个夕阳忽而变为一个朝阳，最为难得。李商隐写日落时的诗，都是即景生情，多有感触，如《天涯》一绝，“春日在天涯，天涯日又斜，莺啼如有泪，为湿最高花”。又如有名的《乐游原》，“向晚意不适，驱车登古原。夕阳无限好，只是近黄昏”。我抄这两首五言绝句，仿佛暗示给读者，《东南》一诗乃由今日的夕阳变而为明天早晨的太阳这一个学说，是有几分靠得住的。我又想到了一首诗，系李诗题作《代赠二首》之一，“东南日出照高楼，楼上离人唱石州，总把春山扫眉黛，不知供得几多愁”。这总一定是早晨的太阳照着楼上人儿。这人儿不知就是“秦楼棠树下”那人儿否？我这一说是说得好玩的，一点也没有意思暗示读者说是的，万一是的也无法，一言既出驷马难追了。

其实我今天写这篇小文的本意，乃是有点同屈原为难，我一向知道屈原不会活用神话典故，上回为得作文说神话典故起见，又只好再拿《楚辞》翻阅，翻来翻去又给我看出破绽来，如三闾大夫自己偏要“远游”，何以又于穆天子多有微辞，“穆王巧梅，夫何为周流？环理天下，夫何索求”，此亦我所欲问天者也。岂他乃根据别的史乘，不同我同陶渊明都只读一本书乎，即是《穆天子传》，我读了这一本书，又熟读了《唐诗三百首》，“瑶池阿母绮窗开，黄竹歌声动地哀，八骏日行三万里，穆王何事不重来”，阿母曾为天子瑶［谣］曰：“将子无死，尚复能来？”现在既不来，是人生无常也。李商隐还有两首诗，他对于羲和的态度，比屈原也要了解人情些，“万树鸣蝉隔岸虹，乐游原上有西风。羲和自趁虞泉宿，不放斜阳更向东”，此诗亦题作《乐游原》。又《丹丘》云，“青女丁宁结夜霜，羲和辛苦送朝阳。丹丘万里无消息，几对梧桐忆凤凰”。他仿佛羲和也应该赶到那个客店里去打一尖，明天早晨又要“不辞风雪为阳乌”也。

按，阳乌之句，见李诗《赋得鸡》，即是风雨如晦鸡鸣不已的意思，故我这篇文章亦题作《赋得鸡》。又阳乌义云日也，相传日中有三足乌。

金圣叹的恋爱观

我写下这么个题目，与写陶渊明与托尔斯泰的比较是一样的八股。然而我相信金圣叹先生如果生在我们今日做一个批评家，一定替我们归纳一部恋爱哲学出来。而他当日批《西厢》却用的是演绎法，即是说他把别人的《西厢记》都改窜了，如“王西厢”开始明明是“遇艳”，金圣叹却改作“惊艳”，明明是且上佛殿来，“生做撞见科”，金圣叹却证明没有这一回事，“近世忤奴乃云双文直至佛殿，我靓之而恨恨焉”。张生唱曰：“尽人调戏，亸着香肩，只将花笑燃。”金圣叹批曰：“尽人调戏者，天仙化人，目无下土，人自调戏，曾不知也。彼小家十五六女儿，初至门前，便解不可尽人调戏，于是如藏似闪，作尽丑态。又岂知郭汾阳王爱女晨兴梳头，其执栉进巾，捧盘泻水，悉用偏裨牙将哉。《西厢记》只此四字便是吃烟火人道杀不到。千载徒传临去秋波，不知已是第二句。”这第二句又怎么讲？这第二句“王西厢”是“怎当他临去秋波那一转”，金圣叹改作“我当他临去秋波那一转”，文章改得死板，有丑妇效颦之嫌，却批得好玩，“妙眼如转，实未转也。在张生必争云转，在我必为双文争曰，不曾转也。忤奴乃欲效双文转”。金圣叹先生却真令我们佩服。我起初读《西厢》只读他的第六才子书，读到“琴心”前面的批点，见其喟然叹曰："夫张生绝代之才子也，双文绝代之佳人也。以绝代之才子惊见有绝代之佳人，其不辞千死万死而必求一当，此必至之情也。即以绝代之佳人惊闻有绝代之才子，其不辞千死万死而必求一当，此亦必至之情也。"这已经有语不惊人死不休，其实他是一番至诚话。他处处喟然而叹，处处也就是莞尔而笑，所以我们也就觉得割鸡焉用牛刀，关于中国才子佳人的勾当，他何以这么认真说话。接着他又有更严重的话，"然而吾每念焉，彼才子有必至之情，佳人有必至之情，然而才子必至之情，则但可藏之才子心中。佳人必至之情，则但可藏之佳人心中。即不得已久之久之至于万万无幸而才子为此必至之情而才子且死，则才子其亦竟死。佳人且死，则佳人其亦竟死。而才子终无由能以其情通之于佳人，而佳人终无由能以其情通之于才子。何则？先生制礼，万万世不可毁也"。除了这一番恋爱哲学之外，还有金圣叹先生的心理学，总之他觉得"此琴心一篇文字"的重要，并不是一个丫环教一个才子以琴"挑"她家小姐，乃是"托之于琴"。否则厘毫夹带狂且身分，唐突佳人乃极不小，读者于此胡可以不加意哉。我为金圣叹的诚意所感，又为好奇心所驱使，从第六才子开卷读到"琴心"一批，赶忙去找了王实甫《西厢记》来对照，果然金圣叹先生是宣传他自己的恋爱哲学，即是先王之礼，因此之故他所佩服的姓王字实父其人反而挨骂作忤奴了。总之错在当初，他应该先看见她，而她——金圣叹说，"岂惟心中无张生，乃至眼中未曾有张生也。不惟事实如此，夫男先乎女，固亦世之恒礼也"。

随　笔

中国诗词，我喜爱甚多，不可遍举。但也可以举出一句两句诗来，算是我最喜欢的。我的意思同一般人说的名句不一样，名句不一定表现着作者，只是这个句子写得太好罢了，如韦应物之“流萤度高阁”，孟浩然之“疏雨滴梧桐”，都是古今所称赏的，实在这两句诗别人也可以写，这两句诗非一定要写在韦孟二人的名字下不可。我所最喜爱的一句两句诗，诗是真写得好，诗又表现着作诗之人，作者自己大约又并不怎么有意的写得的。我最爱王维的“春草明年绿，王孙归不归”。因为这两句诗，我常爱故乡，或者因为爱故乡乃爱好这春草诗句亦未可知，却是没有第二个人能写得者也，未免惆怅而可喜。李商隐诗“一春梦雨常飘瓦，尽日灵风不满旗”，可以说是前不见古人，后不见来者，中国绝无而仅有的一个诗品。此诗题为“重过圣女祠”，诗系律诗，句系写景，虽然不是当时眼前的描写，稍涉幻想，而律诗能写如此朦胧生动的景物，是整个作者的表现，可谓修辞立其诚。因为“一春梦雨常飘瓦”，我常憧憬南边细雨天的孤庙，难得作者写着“梦雨”，更难得从瓦上写着梦雨，把一个圣女祠写得同《水浒》上的风雪山神庙似的令人起神秘之感。“尽日灵风不满旗”，大约是描写和风天气树在庙上的旗，风挂也挂不满，这所写的正是一个平凡的景致，因此乃很是超脱。最后我想说我喜欢“细雨梦回鸡塞远”这一句词。这一句词，我想同诗里“姑苏城外寒山寺，夜半钟声到客船”是相似的妙趣，就时间与空间说，夜半钟声与客船到岸一定有什么关系呢？客曰没有什么因果关系。然而夜半钟声到客船诗句则美。同样，梦到鸡塞去了一趟，醒来乃听见淅沥淅沥的下着细雨，于是就写着细雨梦回鸡塞远，就时间与空间说，细雨与梦回鸡塞也没有因果关系，大约因为窗外细雨，梦回乃有点不相信的神情罢了。实在细雨梦回乃是兴之一体，比风雨如晦鸡鸣不已更为诗中有画，余甚爱此句，亦甚爱南唐中主之词。

父亲做小孩子的时候

民国二十八年秋季我在黄梅县小学教国语，那时交通隔绝，没有教科书，深感教材困难，同时社会上还是《古文观止》有势力，我个人简直奈他不何。于是我想自己写些文章给小孩们看，总题目为“父亲做小孩子的时候”。这是我的诚意，也是我的战略，因为这些文章我是叫我自己的小孩子看的，你能禁止我不写白话文给我自己的小孩子看吗？孰知小学国语教师只做了一个学期功课，又太忙写了一篇文章就没写了，而且我知道这篇文章是失败的，因为小学生看不懂。后来我在县初中教英语，有许多学生又另外从我学国文，这时旧的初中教科书渐渐发现了，我乃注意到中学教科书里头有好些文章可以给学生读，比我自己来写要事半功倍得多，于是我这里借一种，那里借一种，差不多终日为他们找教科书选文章。我选文章时的心情，当得起大公无私，觉得自己的文章当初不该那样写，除了《桥》里头有数篇可取外，没有一篇敢保荐给自己的小孩子看，这不是自己的一个大失吗？做了这么的一个文学家能不惶恐吗？而别人的文章确是有好的，我只可惜他们都太写少了，如今这些少数的文章应该是怎样的可贵呵，从我一个做教师与做父亲的眼光看来。现在我还想将“父亲做小孩子的时候”继续写下去，文章未必能如自己所理想的，我理想的是要小孩子喜欢读，容易读，内容则一定不差，有当作家训的意思。《五祖寺》这一篇是二十八年写的，希望以后写得好些，不要显得“庄严”相。

五祖寺

现在我住的地方离五祖寺不过五里路，在我来到这里的第二天我已经约了两位朋友到五祖寺游玩过了。大人们做事真容易，高兴到那里去就到那里去！我说这话是同情于一个小孩子，便是我自己做小孩子的时候。真的，我以一个大人来游五祖寺，大约有三次，每回在我一步登高之际，不觉而回首望远，总很有一个骄傲，仿佛是自主做事的快乐，小孩子所欣羡不来的了。这个快乐的情形，在我做教师的时候也相似感到，比如有时告假便告假，只要自己开口说一句话，记得做小学生的时候总觉得告假是一件很不容易的事了。总之我以一个大人总常常同情于小孩子，尤其是我自己做小孩子的时候，——因之也常常觉得成人的不幸，凡事应该知道临深履薄的戒惧了，自己作主是很不容易的。因之我又常常羡慕我自己做小孩时的心境，那真是可以赞美的，在一般的世界里，自己那么的繁荣自己那么的廉贞了。五祖寺是我小时所想去的地方，在大人从四祖，五祖回来带了喇叭，木鱼给我们的时候，幼稚的心灵，四祖寺，五祖寺真是心向往之，五祖寺又更是那么的有名，天气晴朗站在城上可以望得见那个庙那个山了。从县城到五祖山脚下有二十五里，从山脚下到庙里有五里。这么远的距离，那时我，一个小孩子，自己知道到五祖寺去玩是不可能的了。然而有一回做梦一般的真个走到五祖寺的山脚下来了，大人们带我到五祖寺来进香，而五祖寺在我竟是过门不入。这个，也不使我觉得奇怪，为什么不带我到山上去呢？也不觉得怅惘。只是我一个小孩子在一天门的茶铺里等候着，尚被系坐在车子上未解放下来，心里确是有点孤寂了。最后望见外祖母，母亲姊姊从那个山路上下来了，又回到我们这个茶铺所在的人间街上来了（我真仿佛他们好容易是从天上下来），甚是喜悦。我，一个小孩子，似乎记得始终没有说一句话。到现在那件过门不入的事情，似乎还是没有话可说，即是说没有质问大人们为什么不带我上山去的意思，过门不入也是一个圆满，其圆满真仿佛是一个人间的圆满，就在这里为止也一点没有缺欠。所以我先前说我在茶铺里坐在车上望着大人们从山上下来好像从天上下来，是一个实在的感觉。那时我满了六岁，已经上学了，所以寄放在一天门的原故，大约是到五祖寺来进香小孩子们普遍的情形，因为山上的路车子不能上去！只好在山脚下茶铺里等着。或者是我个人特别的情形亦未可知，因为我记得那时我是大病初愈，还不能好好的走路，外祖母之来五祖寺进香乃是为我求福了，不能好好走路的小孩子便不能跟大人一路到山上，故寄放在一天门。不论为什么原故，其实没有关系，因为我已经说明了，那时我一个小孩子便没有质问的意思，叫我在这里等着就在这里等着了。这个忍耐之德，是我的好处。最可赞美的，他忍耐着他不觉苦恼，忍耐又给了他许多涵养，因为我，一个小孩子，每每在这里自己游戏了，到长大之后也就在这里生了许多记忆。现在我总觉得到五祖寺进香是一个奇迹，仿佛昼与夜似的完全，一天门以上乃是我的夜之神秘了。这个夜真是给了我一个很好的记忆。后来我在济南千佛山游玩，走到一个小庙之前白墙上横写着一天门三个字，我很觉得新鲜。“一天门？”真的，我这时乃看见一天门三个字这么个写法，儿时听惯了这个名字，没想到这个名字应该怎么写了。原来这里也有一天门，我以为一天门只在我们家乡五祖寺了。然而一天门总还在五祖寺，以后我总仿佛“一天门”三个字写在一个悬空的地方，这个地方便是我记忆里的一天门了。我记忆里的一天门其实什么也不记得，真仿佛是一个夜了。今年我自从来到停前之后，打一天门经过了好几回，一天门的街道是个什么样子我曾留心看过，但这个一天门也还是与我那个一天门全不相干，我自己好笑了。写到这里，我想起了二天门。今年四月里，我在多云山一个亲戚家里住，一天约了几个人到五祖寺游玩，走进一天门，觉得不像，也就算了，但由一天门上山的那个路我仿佛记得是如此，因此我很喜欢的上着这个路，一直走到二天门，石径之间一个小白屋，上面写“二天门”，大约因为一天门没有写着一天门的原故，故我，一个大人，对于这个二天门很表示着友爱了，见了这个数目字很感着有趣，仿佛是第一回明白一个“一”字又一个“二”字那么好玩。我记得小时读“一去二三里，烟村四五家，楼台六七座，八九十枝花”，起初只是唱着和着罢了，有一天忽然觉着这里头有一二三四五六七八九十，十个字，乃拾得一个很大的喜悦，不过那个喜悦甚是繁华，虽然只是喜欢那几个数目字，实在是仿佛喜欢一天的星，一春的花；这回喜欢“二天门”，乃是喜欢数目字而已，至多不过旧雨重逢的样子，没有另外的儿童世界了。后来我在二天门休息了不小的工夫，那里等与一个凉亭，半山之上，对于上山的人好像简单一把扇子那么可爱。

那么儿时的五祖寺其实乃与五祖寺毫不相干，然而我喜欢写五祖寺这个题目。我喜欢这个题目的原故，恐怕还因为五祖寺的归途。到现在我也总是记得五祖寺的归途，其实并没有记住什么，仿佛记得天气，记得路上有许多桥，记得沙子的路。一个小孩子，坐在车上，我记得他同大人们没有说话，他那么沉默着，喜欢过着木桥，这个木桥后来乃像一个影子的桥，它那么的没有缺点，永远在一个路上。稍大读《西厢记》，喜欢“四围山色中，一鞭残照里”两句，也便是唤起了五祖寺归途的记忆，不过小孩子的“残照”乃是朝阳的憧憬罢了。因此那时也懂得读书的快乐。我真要写当时的情景其实写不出，我的这个好题目乃等于交一份白卷了。

黄梅初级中学同学录序三篇

民国二十八年秋，黄梅县小学在山里头恢复开学，我在停古乡金家寨第二小学做教师。二十九年春二小迁移，金家寨改为县初级中学校址，县初中又恢复开学，我乃为县中学英语教师。后来中学校址屡迁，我继续任教，直到三十四年春因校舍不能集中，管教困难，学生赌博，我觉得事无可为而辞职。我在中学里经过了三班学生毕业，在毕业的时候，学生自办同学录，要我写序，最初两班我毫不推辞写了，到了三十三年冬季毕业的那一班我则不肯写，我说，“你们在校赌博，不听师长教训，我且要离职，决不写什么同学录序”。我拒绝再三，后来他们当中有一位同学说，“我们以前错了，现在我们确是知道错，请先生还认我们是学生”。我为此言所感动，连忙也就替他们写了。我于次年春离去县中学，得以有工夫写成拙著《阿赖耶识论》。现在我将这三篇同学录序放在这里发表，或者亦不无意义。三十五年十一月八日废名记于北平。

一

古今做先生的莫如孔子，做学生的莫如孔子的学生。我这话仿佛说得很可笑，孔夫子还要你鼓吹么？其实不然。我们不要把“孔门”看得高了，看得高便等于空中楼阁，不是真面目。这是世人不懂得孔子的原故。我把孔子就当作我们学校里的先生一般，孔门弟子便是我们学校里的学生，一般的是师生生活，然后再来看这个先生怎么样，这个先生的学生怎么样，于是这里看见的是先生与学生的好模范，令人叹息不止。

在上课的时候，学生有时栽瞌睡，有时又躲在寝室里睡午觉，孔夫子的学生亦如此，于是先生大责骂一顿，《论语》所载宰予昼寝，正是这件事情的记录，我以为很有意思，令我们想像那个寝室里是什么情形，那个学生午睡怎么被孔夫子查出了，结果记一次大过。子路不耻恶衣，自己穿一件旧袍子同穿皮袍的阔人站在一起，我自有我的价值，而彼于我何加焉，我有什么可羞耻的地方呢？先生见着这个好学生，引一句诗赞美一番：“不忮不求，何用不臧。”子路高兴极了，从此天天起来诵这一句诗：“不忮不求，何用不臧！不忮不求，何用不臧！”同我们乡里私塾学生背《诗经》一般，未免可笑，所以孔子叫他不要读：“你天天这么的读什么呢？百尺竿头你应该再进一步！”这些不正是我们师生之间普通的情形么？先生对于学生该是怎样的留心，孔子的学生也真是好学。有一回一个瞎子走进学校来了，先生搀着他，怕他摔交，及阶说这是阶，及席说这是席，学生也都站起来了，又坐下去，这是谁，这是谁，一一介绍给他们。孔子对于瞎子向来是讲礼的，他在路上走路遇见无目之人总要恭恭敬敬的尽了礼，只可惜瞎子不认得而且不晓得（因为他是瞎子！），这路上有一个人——我们现在称为圣人而在当时只是一个过路的人，对他尽礼罢了。现在有瞎子来校参观，等到他出门之后，学生见老师那么殷勤招待他，问老师是不是道理应该如此。老师告诉他们道理应该如此。这是孔门好学。我喜欢读《论语》，觉得它是世界上一部最好的学校日记。我回故乡，在中学教书三年，光阴过得很快，第七班同学将毕业，办同学录，要我写点文章作纪念。此事不提起则可，一提起在我却未免感慨系之。因为我平常总是觉得我们师生之间感情不够，切磋不够，这或者不是一个学校的情形如此，是今日一般学校的通病。我们何足以言分别呢？我常常想起《论语》一书，我爱孔夫子，爱孔夫子的学生，因为我是爱诸位同学的，我觉得对不起诸位同学，与诸同学相处三年，无一事足以当得起教育二字。而我本有心教诲子弟的，姑以此文作别后相思之资。

二

人总有一个留纪念的意思。所以庄周一派的旷达，总不能说是近人情。泰哥尔《飞鸟集》有一章云，“愿生者有那不朽的爱，死者有那不朽的名”，将此意说得最有情趣，令人觉得人生可敬可爱。中国人的生活总是那么的干燥无味，一般读书人的思想亦然，动不动以好名不好名来品评人，其实名是啥物事？好名又是啥物事？本着朴实的感情，好名怎么算得一件不好的事呢？生平或者身后留得好的名声，不正同我们愿被人怀念着是一样的心事么？人生虽短，令名则长，大丈夫真是应该留芳百世。孔子曰，“君子疾没世而名不称焉”。孔子的话我相信同我是一般的老实，一般的说得人生之佳致哩。后来王阳明到底是三代以下的人物，思想便不免钻到牛角湾里面去了，将孔夫子的话要曲为之解，按他的意思圣人怎么说名誉呢？疾没世而名不称的称字应读若相称的称字，即是说恐怕死后自己的名誉太大了，实不足以当之。你看这是如何的煞风景。我平常看见游客们喜在名胜地方的墙壁上写下自己的名字，即如我们在五祖寺读书的时候有些同学在竹林里竹子上将自己的姓名与时日一起刻下，我觉得这未必是中国文士传统如此（传统自然也有关系），或者乃是人之常情。总之这些事没有受人嘲笑更没有受责备的理由，只要写得刻得有趣味便好了。既然是留名，自然更要讲公德，若是在不应该写字地方却大写而特写一番，弄得不堪入目，那是怪我们做先生的平日少训导，我们确是有爱惜名誉之必要。

在另一方面，中国人又很少有保存纪念的习惯，因此常常使人有文献不足征之感。即如五祖是我们黄梅的和尚，我们关于五祖比外乡人多知道些什么呢？我们找不出一片古物出来可以帮助我们做一点考证。民间传说虽有些，只是传说而已，不足以为历史。这是如何可惜的事。历史的材料，每每在当时是无心之物而给有心人保存着，保存到后代便是无价之宝。我们中国人何以如此的没有历史癖呢？这样我们能爱国吗？爱乡吗？听说满清时代黄梅开办高等小学第一班毕业同学录有一位郑先生保存着有一份，而这位郑先生是以迂腐著名的。我以为郑先生有可佩服之处，既然有同学录，为什么不应该保存它呢？你不保存，当初为什么要这个东西呢？不是你自己胡闹么？不要以为一本同学录无足重轻，天下事的价值都不在事的本身，在乎做这事的一点心，便是敬其事之心。若就保存史料说，又正是国民的一种责任，这个责任心也正在这里表现着。县中学第八班同学毕业，办同学录，叫我写一篇序，我谨序之如上。

三

我今天藉这个机会把我从前做中学生以前的事情检察一番，不知可供诸君的参考否。

我做小孩子的时候是好孩子还是坏孩子呢？是用功的学生还是不用功的学生呢？就一般的说法，我不能算是好孩子，也不能算是一个用功的学生。然而只有到现在我才能评判我自己，那个小孩子之所以不好，不能怪我。你说那个学生不用功，是你不知道怎样叫做用功。那时我家是一个大家庭，在乡间大家庭里头照例是栽培长子长孙的，若非长子长孙便看得淡漠，受教育也好，不受教育也好，听其自然。我便是一个被看得淡漠的孩子，平常上学不象哥哥诸事受优待，看见糖果想买，看见玩艺儿想玩，大人总不给钱，衣服也不及哥哥穿得讲究，因此自己也缺乏自尊心，常与街市上一些小贩为友。受了他们的诱惑，曾偷家里的钱同他们打牌。所以这个小孩子是一个坏孩子。这个坏孩子与我现在有关系没有呢？没有关系。坏事是无根的，如梦幻泡影。不过因此我羡慕好孩子，喜欢孟母三迁的故事，喜闻孔子儿时陈俎豆为戏。小儿命名思纯，殆有感也。

我做学生并不用功。然而我并不因此可惜。我所受的教育完全与我无好处，只有害处，这是我明明白白地可以告诉天下教育家的。一直到在大学里读了外国书以后，我才明白我们完全是扮旧戏做八股，一脚把他踢开了。从此自己能作文，识道理，中国圣人有孔子，中国文章有六朝以前，而所谓古文是八股的祖宗。此事岂不奇，人何以能从束缚里得自由呢？教育又何其以加害于人为能事呢？是的，这便是中国女子裹脚的原故。只有“自然”对于我是好的，家在城市，外家在距城二里的乡村，十岁以前，乃合于陶渊明的“怀良辰以孤往”，而成就了二十年后的文学事业。在北平时有友人结婚，命诸人题一小册作纪念，我所写者为：

小桥城外走沙滩　至今犹当画稿看
最喜高底河过堰　一里半路岳家湾

此不过沧海一滴耳，若真要懂得我的儿童世界，故乡恐无有其知己。而我的儿童世界在故乡。而在当时竟是“自有仙才自不知”，从师读《三字经》，乌烟瘴气，把一颗种子被盖住了。而种子毕竟是会生长的。以上所说的话，岂不等于说教育无用？然而“后生可畏，焉知来者之不如今也”。

临了我要说一句，中学教育对于我有一个极大的好处，便是听物理课养成我的法则观念。记得教师在讲台上实验拿着七色板一转，我们在台下果然看得一轮白太阳，此事对于我后来的影响不可度量。

树与柴火

我家有两个小孩子，他们都喜欢“拣柴”。每当大风天，他们两个，一个姊姊，一个弟弟，真是像火一般的喜悦，要母亲拿篮子给他们到外面树林里去拾枯枝。一会儿都是满篮的柴回来了，这时乃是成绩报告的喜悦，指着自己的篮子问母亲道：“母亲，我拣的多不多？”

如果问我：“小孩子顶喜欢做什么事情？”据我观察之所得，我便答道：“小孩子顶喜欢拣柴。”我这样说时，我是十分的满足，因为我真道出我家小孩子的欢喜，没有附会和曲解的地方。天下的答案谁能像我的正确呢！

我做小孩子时也喜欢拣柴。我记得我那时喜欢看女子们在树林里扫落叶拿回去做柴烧。我觉得春天没有冬日的树林那么的繁华，我仿佛一枚一枚的叶子都是一个一个的生命了。冬日的落叶，乃是生之跳舞，在春天里，我固然喜欢看树叶子，但在冬天里我才真是树叶子的情人似的。我又喜欢看乡下人在日落之时挑了一担“松毛”回家。松毛者，松叶之落地而枯黄者也，弄柴人早出晚归，大力者举一担松毛而肩之，庞大如两只巨兽，旁观者我之喜悦，真应该说此时落日不是落日而是朝阳了。为什么这样喜悦？现在我有时在路上遇见挑松毛的人，很觉得奇异，这有什么可喜悦的？人生之不相了解一至如此。

然而我看见我的女孩子喜欢跟着乡下的女伴一路去采松毛，我便总怀着一个招待客人的心情，伺候她出门，望着她归家了。

现在我想，人类有记忆，记忆之美，应莫如柴火。春华秋实都到那里去了？所以我们看着火，应该是看春花，看夏叶，昨夜星辰，今朝露水，都是火之生平了。终于又是虚空，因为火烧了则无有也。庄周则曰：“火传也，不知其尽也。”

教　训

代大匠斫必伤其手

当我已经是一个哲学家的时候——即是说连文学家都不是了，当然更不是小孩子，有一天读老子《道德经》，忽然回到小孩子的地位去了，完完全全地是一个守规矩的小孩子，在那里用了整个的心灵，听老子的一句教训。若就大人说，则这时很淘气，因为捧着书本子有点窃笑于那个小孩子了。总而言之，这真是一件有趣的事情。我的教训每每是这样得来的。我也每每便这样教训人。

是读了老子的这一句话："夫代大匠斫，希有不伤其手者矣。"

小孩子的事情是这样：有一天我背着木匠试用他的一把快斧把我的指头伤了。

我做小孩子确是很守规矩的，凡属大人们立的规矩，我没有犯过。有时有不好的行为，如打牌，如偷父亲的钱，那确乎不能怪我，因为关于这方面大人们没有给我们以教育，不注意小孩子的生活，结果我并不是犯规，简直是在那里驰骋我的幻想，有如东方朔偷桃了。然而我深知这是顶要不得的，对于生活有极坏的影响，希望做大人的注意小孩子的生活，小孩子格外地要守规矩了。我记得我从不逃学，我上学是第一个早。关于时间我不失信。我喜欢蹚河，但我记得我简直没有赤足下一次水，因为大人们不许我下到水里去。我那时看着会游泳的小孩子，在水里大显其身手，真是临渊羡鱼的寂寞了。我喜欢打锣，但没有打锣的机会，大约因为太小了，不能插到“打年锣”的伙里去，若十岁以上的小孩子打年锣便是打锣的一个最好的机会。说是太小，而又嫌稍大，如果同祖父手上抱着的小弟弟一样大，便可以由祖父抱到店里去，就在祖父的怀里伸手去敲锣玩，大人且逗着你敲锣玩。那时我家开布店，在一般的布店里，照例卖锣卖鼓，锣和鼓挂在柜台外店堂里了。我看着弟弟能敲锣玩，又是一阵羡慕。我深知在大人们日中为市的时候只有小弟弟的小手敲锣敲鼓最是调和，若我也去敲敲，便是一个可诧异的声响了。我们的私塾设在一个庙里，我看着庙里的钟与鼓总是寂寞，仿佛倾听那个声音，不但喜欢它沉默，简直喜欢它响一下才好。这个声响也要到时候，即是说要有人上庙来烧香便可以敲钟敲鼓，这时却是和尚的职事。有时和尚到外面有事去了，不在庙里了，进香的来了，我们的先生便命令一个孩子去代替和尚敲钟敲鼓，这每每又是年龄大的同学，没有我的分儿了，我真是寂寞。有的大年纪的同学，趁着先生外出，和尚也外出的时候（这个时候常有），把钟和鼓乱打起来，我却有点不屑乎的神气，很不喜欢这个声音，仿佛响得没有意思了，简直可恶。在旧历七月半，凡属小康人家请了道士来“放施”（相当于和尚的焰口），我便顶喜欢，今天就在我家里大打锣而特打锣，人打鼓而特打鼓了，然而不是我自己动手，又是寂寞。有时趁着道士尚未开坛，或者放施已了正在休息吃茶的时候，我想我把他的鼓敲一下响罢，——其实这也并没有什么不可以的，博得道士说一声淘气罢了，我却不如此做，只是心里总有一个一鸣惊人的技痒罢了。所以说起我守规矩，我确是守规矩得可以。

有一次，便是我代大匠斫的这一次，应是不守规矩了。推算起来，那时我有七岁，我家建筑新房子，是民国纪元前四年的事，我是纪元前十一年生的，因为建筑新房子所以有许多石木工人作工，我顶喜欢木匠的大斧，喜欢他白的锋刃，别的东西我喜欢小的，这个东西我喜欢它大了，小的东西每每自己也想有一件，这把大斧则认为决不是我所有之物，不过很想试试它的锐利。在木匠到那边去吃饭的时候，工作场没有一个人，只有我小小一个人了，我乃慢慢地静静地拿起大匠的斧来，仿佛我要来做一件大事，正正经经地，孰知拿了一块小木头放在斧下一试，我自己的手痛了，伤了，流血了。再看，伤得不厉害，我乃口呿而不合，舌举而不下，且惊且喜，简直忘记痛了。惊无须说得，喜者喜我的指头安全无恙，拿去请姐姐包裹一下就得了，我依然可以同世人见面了。若我因此而竟砍了指头，我将怎么出这个大匠之门呢？即是怕去同人见面。我当时如是想。我这件事除了姐姐没有别人知道了。姐姐后来恐怕忘记了罢，我自己一直记着，直到读了老子的书又是且惊且喜，口呿而不合，舌举而不下，不过这时深深地感得守规矩的趣味，想来教训人，守规矩并不是没出息的孩子的功课。

多识于鸟兽草木之名

孔子命小孩子学诗，说诗可以兴，可以观，可以群，可以怨，迩之事父，远之事君，还要加一句“多识于鸟兽草木之名”。没有这个“多识于鸟兽草木之名”，上面的兴观群怨事父事君没有什么意义；没有兴观群怨事父事君，则“多识于鸟兽草木之名”也少了好些意义了，虽然还不害其为专家。在另一处孔子又有犹贤博奕之义，孔子何其懂得教育。他不喜欢那些过着没有趣味生活的小子。

我个人做小孩时的生活是很有趣味的，因为良辰美景独往独来耳闻目见而且还“默而识之”的经验，乃懂得陶渊明“怀良辰以孤往”这句话真是写得有怀抱。即是说“自然”是我做小孩时的好学校也。恰巧是合乎诗人生活的原故，乃不合乎科学家，换一句话说，我好读书而不求甚解，对于鸟兽草木都是忘年交，每每没有问它们的姓名了。到了长大离乡别井，偶然记起老朋友，则无以称呼之，因此十分寂寞。因此我读了孔子的话，“多识于鸟兽草木之名”！我佩服孔子是一位好教师了。倘若我当时有先生教给我，这是什么花，那么艺术与科学合而为一了，说起来心向往之。

故乡鸟兽都是常见的，倒没有不知名之士，好比我喜欢野鸡，也知道它就是“山梁雌雉”的那个雉，所以读“山梁雌雉子路拱之”时，先生虽没有讲给我听，我自己仿佛懂得“子路拱之”，很是高兴，自己坐在那里跃跃欲试了。我喜欢水田白鹭，也知道它的名字。喜欢满身有刺的猬，偶然看见别的朋友捉得一个，拿了绳子系着，羡慕已极，我害怕螳螂，在我一个人走路时，有时碰着它，它追逐我；故乡虽不是用“螳螂”这个名字，有它的土名，很容易称呼它，遇见它就说遇见它了。现在我觉得庄子会写文章，他对于螳螂的描写甚妙，因为我从小就看惯了它的怒容了。在五祖山中看见松鼠，也是很喜欢的，故乡也有它的土名，不过结识松鼠时我自己已是高小学生，同了百十个同学一路旅行去的，它已不算是我个人的朋友了。再说鱼，却是每每不知道它的名字，只是回来向大人说今天我在河里看见一尾好鱼而已。后来做大学生读《庄子》，又是《庄子》！见其说“鯈鱼出游从容”，心想他的鱼就是我的鱼罢，仿佛无从对证，寂寞而已。实在的，是庄子告诉我这个鱼的名字。

在草木方面，我有许多不知名，都是同我顶要好的。好比薜荔，在城墙上挂着，在老树上挂着，我喜欢它的叶子，我喜欢它的果实，我仿佛它是树上的莲花，——这个印象决不是因为“木莲”这个名字引起来的，我只觉得它是以空为水，以静穆为颜色罢了，它又以它的果实来逗引我，叫我拿它来抛着玩好了。若有人问我顶喜欢什么果，我就顶喜欢薜荔的果了，它不能给人吃，却是给了我一个好形状。即是说给了我一个好游戏，它的名字叫做薜荔，一名木莲，一直到大学毕业以后才努力追求出来的，说起来未免见笑大方。还有榖树，我知道它的名字，是我努力从博学多能躬行君子现在狱中的知堂老人那里打听出来的，我小时只看见它长在桥头河岸上，我望着那红红的果子，真是“其室则迩，其人则远”，可望而不可即了，因为我想把它摘下来。在故乡那时很少有果木的，不比现在到处有橘园，有桃园，有梨园，这是一个很好的进步，我做小孩子除了很少很少的橘与橙，而外不见果树了。或者因为如此，我喜欢那穀树上的几颗红果。不过这个理由是我勉强这么说，我不懂得我为什么喜欢它罢了，从现在看来它是没有什么可喜欢。这个令我惆怅。再说，我最喜欢芭茅，说我喜欢芭茅胜于世上一切的东西是可以的。我为什么这样喜欢它呢？这个理由大约很明白。我喜欢它的果实好玩罢了，像神仙手上拿的拂子。这个神仙是乡间戏台上看的榜样。它又像马尾，我是怎样喜欢马，喜欢马尾呵，正如庾信说的，“一马之奔，无一毛而不动”，我喜欢它是静物，我又喜欢它是奔放似的。我当时不知它是芭茅的果实，只以芭茅来代表它，后来正在中学里听植物学教师讲蒲公英，拿了蒲公英果实给我们看，说这些果实乘风飞飘，我乃推知我喜欢芭茅的果实了，在此以前我总想说它是花。故乡到处是芭茅做篱笆，我心里喜欢的芭茅的“花”便在蓝天之下排列成一种阵容，我想去摘它一枝表示世间一个大喜欢，因为我守规矩的原故，我记得我没有摘过一枝芭茅。只是最近战时在故乡做小学教师才摘芭茅给学生做标本。

打锣的故事

我做大学生的时候，读了俄国梭罗古勃有名的短篇小说《捉迷藏》，很是喜悦，心想我也来写一篇《打锣的故事》罢。《打锣的故事》如果写起了，应该放在《竹林的故事》之后，《桥》之前。然而笔记本上有“打锣的故事”这个题目，没有文章。我一向是这样，记下来的题目是真多，写出来的文章却是很少了。我的《打锣的故事》与梭罗古勃的《捉迷藏》有什么连带的关系呢？那可以说是寂寞的共鸣，简直是憧憬于一个“死”的寂寞，也就是生之美丽了。到现在我还留着那篇《捉迷藏》的印象，虽然故事的内容忘记殆尽。我记得那是一个母亲同自己的小孩子捉迷藏的故事。奇怪，做小孩子的都喜欢捉迷藏这个游戏，这里头不知有着什么意义否？梭罗古勃的《捉迷藏》则明明是有意义是不待说的。一个小孩子总要母亲同他捉迷藏，母亲便同一般的母亲逗自己的小孩子游戏一样，便总是同他捉迷藏，后来孩子病了，他还是要母亲同他捉迷藏，母亲便同他捉迷藏。他病已不可救了，他在死之前，还是要母亲同他捉迷藏，然而母亲对着这没有希望的自己的孩子可伤心了，掩面而泣，而孩子以为母亲是同他捉迷藏！就在母亲掩面而泣的当儿孩子死了。所以他的死实在是一个游戏，美丽而悲哀。我当时读了把我的《打锣的故事》的空气渲染成功，就只差了没有写下来，故事是一定不差的。

我做小孩子喜欢打锣，在监狱一般的私塾里也总还有他的儿童的光线，我记得读上论读到“乡人傩”三个字，喜的不得了，以为孔子圣人也在那里看打锣了，大约以为“傩”就是“锣”，而我们乡人却总是打锣，无论有什么举动都敲起那一面锣来，等于办公看手表，上课听打钟，何况“傩”，敝乡人叫“放猖”，本来是以打锣为唯一的场面，到了锣声一停止，一切都酒阑人散了，寂寞了，好像记得那先生曾把乡人傩三个字讲给我听了，乡人傩就是我们乡下放猖。所以我的想像里一时便热闹得不得了，打锣了，放猖了。我所喜欢的，便是单打这圆圆的一面锣，一般叫“大锣”，一般说“打锣”也便是指单打这一面大锣说。打这一面大锣，直截了当，简单圆满，没有一点隔阂的地方，要打便打，一看便看见，一听也便听见，你给我我给你好了，世间还用得着费唇舌吗？要言语吗？有什么说不出的意思呢？难怪小孩子喜欢。我却总是退一步，看大人们互相授受，你给我我给你，仿佛不能给我小孩子了，我小孩子只能作旁观者了，真的，我这时的寂寞，应等于大人不能进天国。外家住在河边，夏天发山洪时，河坝有破裂之虞，便打起锣来，意思是叫大家都来抢救。这时能有我的分儿吗？当然没有。然而我偷偷地看打锣，锣声响彻天地，水之大，人之勇，我则寂静。我的欢喜从来没有向人说。“化笼”时，则是火光与金声。富贵人家，父母之丧，家中请了和尚或道士做法事，法事的最后一场便是化笼，即将阳世间为阴世间备的金银财宝装在纸笼子里一举而焚之。这个场合甚大，时间总在夜里，当其火光照耀天空时，一面大锣便大大的响起来，号召鬼众都来认领。而我每每在这时看见每个人的面孔，即是火边看热闹人的面孔，都是熟人，我一面欢喜一面有点奇怪，何以大家都看得见呢？我仿佛夜里不能看见了。连忙知道是在火光之下了。这个热闹，难得几回有，有则总不忘记了。在农村里，家家都是养猪的，猪养得愈大愈显得家事兴旺，若在城里住家，养猪则是家贫，本来没有什么可给猪吃的，每每是自己节食给猪吃，小孩子虽不知道这些，但对于城里养猪的人家我总替他寂寞。城里养猪，猪又总容易失了，失了猪便拿了一面锣沿街敲，沿城敲，俾拾得者知道物主是谁。这等于亡羊补牢而已，未必有何益处。我不知道这些，跟在敲锣者后面跑，觉得这是再新鲜不过的事，可喜悦的事。有时养猪失猪者是孤儿寡妇之流，便由其小孩子去敲锣，这个小孩子每每是我的朋友，我乃同他一路上城（街上我则不敢同他去，给大人看见了要责备的），东南西北城，我们都走过了，一面谈话，一面打锣，我却好容易设法将这锣移在我的手上打了一阵，对于朋友感激不尽。出殡时也总是打这一面锣的，这一面锣总在棺前行，故俗称出殡为“铛！瞥！”笑老而不死者便问：“你几时‘铛瞥’呢？”“铛”便指锣声，“瞥”则是随着锣声而要放一枚爆竹，这个爆竹之声微弱的可怜。无论贫富，都有此“铛瞥”，即是说这个仪式决不可少，是基本单位，再多则花样翻新，悉听尊便，只要你有钱，而我只同这“铛瞥”之声甚是亲切，无论谁家出殡，经过我家门前，我必出门而目送之，因为他必能让我知道，必有那一声锣响叫我出来也。有一回邻近有一个挑水的老头儿死了，他没有亲人，他出城时，是我打锣，这算是我小孩子好事的成功，其得意可知。我记得我这时小学已快毕业了，算是大孩子了。

说来说去，我的《打锣的故事》原是要描写一个小孩子的死，死的寂寞。因为我是一个爱打锣的孩子，而小孩子死独不打锣了，一切仪式到此都无有了，故我对于一个死的小孩子，在一个不讲究的匣子似的棺材里将他提携到野外坟地里去，甚是寂寞。我，一个小孩子，有多次看着死的小孩子埋在土里的经验。我是喜欢看陈死人的坟的，春草年年绿，仿佛是清新庾开府的诗了，而小孩子的坟何以只是一堆土呢？象垃圾似的。而且我喜欢的声音呢？“倘若我死了，独不要我打锣吗？”那时我真个这样想。所以后来读了梭罗古勃的《捉迷藏》，喜其将小孩子的死写得美丽。

放 猖

我在故乡避难时，教中小学生作文，我告诉学生作文的目的是要什么事情都能写，正如小儿学语是要什么话都能说一样。我这意思当然是最明白而且最正当的了，然而在我们这个国家里，一向作文的办法是什么事情都不能写，正如女子裹了脚便什么事情都不能做一样，所以我的一点明白而正当的意思反而不能被人接受，而被人痛恨。此事真应恸哭流涕。故我常想，要我爱国我便要教学生作文，我要他们什么事情都能写。我出的作文题，都根据于儿童的经验，从小在乡间所习见的风俗习惯，我都拿来出题目。“放猖”是故乡的一种风俗，我便教学生写放猖，在小学六年级里第一次交出一篇作文说太阳不说太阳要说“金乌”的学生后来居然写了一篇很好的《放猖》了，此事令我大喜。这个学生姓鲁，我现在还记得他的《放猖》，不知他记得我否。今天我自己来写一篇放猖。

故乡到处有五猖庙，其规模比土地庙还要小得多，土地庙好比是一乘轿子，与之比例则五猖庙等于一个火柴匣子而已。猖神一共有五个，大约都是士兵阶级，在春秋佳日，常把他们放出去“猖”一下，所以驱疫也。“猖”的意思就是各处乱跑一阵。故做母亲的见了自己的孩子应归家时未归家，归家了乃责备他道：“你在那里‘猖’了回来呢？”猖神例以壮丁扮之，都是自愿的，不但自愿而已，还要拿出诚敬来“许愿”，愿做三年猖兵，即接连要扮三年。有时又由小孩子扮之，这便等于额外兵，是父母替他许愿，当了猖兵便可以没有灾难，身体健康。我当时非常之羡慕这种小猖兵，心想我家大人何以不让我也来做一个呢？猖兵赤膊，着黄布背心，这算是制服，公备的。另外谁做猖谁自己得去借一件女裤穿着，而且必须是红的。我当时跟着已报名而尚未入伍的猖兵沿家逐户借裤，因为是红裤，故必借之于青年女子，我略略知道他和她在那里说笑话了，近于讲爱情了，不避我小孩子。装束好了以后，即是黄背心、红裤、札裹腿、草鞋，然后再来“打脸”。打脸即是画花脸，这是我最感兴趣的，看着他们打脸，羡慕已极，其中有小猖兵，更觉得天下只有他们有地位了，可以自豪了，像我这天生的，本来如此的脸面，算什么呢？打脸之后，再来“练猖”，即由道士率领着在神前（在乡各村，在城各门，各有其所祀之神，不一其名）画符念咒，然后便是猖神了，他们再没有人间的自由，即是不准他们说话，一说话便要肚子痛的。这也是我最感兴趣的，人间的自由本来莫过于说话，而现在不准他们说话，没有比这个更显得他们已经是神了。他们不说话，他们已经同我们隔得很远，他们显得是神，我们是人是小孩子，我们可以淘气，可以嘻笑着逗他们，逗得他们说话，而一看他们是花脸，这其间便无可奈何似的，我们只有退避三舍了，我们简直已经不认得他们了。何况他们这时手上已经拿着叉，拿着叉郎当郎当的响，真是天兵天将的模样了。说到叉，是我小时最喜欢的武器，叉上串有几个铁轮，拿着把柄一上一下郎当着，那个声音把小孩子的什么话都说出了，便是小孩子的欢喜。我最不会做手工，我记得我曾做过叉，以吃饭的筷子做把柄，其不讲究可知，然而是我的创作了。我的叉的铁轮是在城里一个高坡上（我家住在城里）拾得的洋铁屑片剪成的。在练猖一幕之后，才是名副其实的放猖，即由一个凡人（同我们一样别无打扮，又可以自由说话，故我认他是凡人）拿了一面大锣敲着，在前面率领着，拚命地跑着，五猖在后面跟着拼命地跑着，沿家逐户地跑着，每家都得升堂入室，被爆竹欢迎着，跑进去，又跑出来，不大的工夫在乡一村在城一门家家跑遍了。我则跟在后面喝采。其实是心里羡慕，这时是羡慕天地间唯一的自由似的。羡幕他们跑，羡慕他们的花脸，羡慕他们的叉响。不觉之间仿佛又替他们寂寞——他们不说话！其实我何尝说一句话呢？然而我的世界热闹极了。放猖的时间总在午后，到了夜间则是“游猖”，这时不是跑，是抬出神来，由五猖护着，沿村或沿街巡视一遍，灯烛辉煌，打锣打鼓还要吹喇叭，我的心里却寂寞之至，正如过年到了元夜的寂寞，因为游猖接着就是“收猖”了，今年的已经完了。

到了第二天，遇见昨日的猖兵时，我每每把他从头至脚打量一番，仿佛一朵花已经谢了，他的奇迹都到那里去了呢？尤其是看着他说话，他说话的语言太是贫穷了，远不如不说话。

散　文

我现在只喜欢事实，不喜欢想像。如果要我写文章，我只能写散文，决不会再写小说。所以有朋友要我写小说，可谓不知我者了，虽然我心里很感激他的诚意。

在《竹林的故事》里有一篇《浣衣母》，有一篇《河上柳》，都那么写得不值再看，换一句话说把事实都糟踏了。我现在很想做简短的笔记，把那些事实都追记下来。其实就现实说，我所谓的事实都已经是沧海桑田，我小时的环境现在完全变了，因为经历过许多大乱。

《浣衣母》与《河上柳》是一个背景，我拿来写了两篇文章。事实是，“浣衣母”是我族间的一位婶母，“河上柳”是她门前的一棵树，这棵树一个清明日我亲自看见它栽下去的，后来成为一棵很大的杨柳树了。我看着树常常觉得很奇怪，仿佛世间的事一点也不假，它本来是一个插枝，栽下去了便长大了，夏天里有许多人在地下面乘阴了，莫非梦也夫？我这位婶母的家是在城门之外。这城门之外单独有这一个贫家，茅草屋。这城门我们口中叫“小南门”，但刻在城门上的三个大字是“便民门”，那时我常想，明明是“小南门”，何以叫“便民门”呢？是什么意思呢？所以世间上不懂的事情很多，不懂有时也没有关系，纳闷有时很有趣了。小时，自然与人事，对于我影响最深的，一是外家，一是这位婶母家，外家如是以其富有，婶母家是以其贫了，她的贫使得我富有。在现在想来，外家的印象已渐淡漠，婶母家的印象新鲜如故，此真不知是何故。大约这块地方现在无可考，只有一片沙砾，所以在我的记忆里格外新鲜。婶母的茅草屋临在城外的小河之上，门口是“便民”之路，这所谓“路”当然包含了桥，因为有河而可行，非有桥而何？这个桥是木桥，春夏间发山洪时常常冲倒了，于是行人涉水而过。农人进城舍不得花渡钱，则“深则厉，浅则揭”。到了秋冬以至春三月，则河里本来没有水，只是沙滩，桥徒有意了，大家都是走自由之路，即是走沙滩。县城共有六门，以小南门出进的人最多，婶母家形式虽孤单，其精神则最热闹，无论就这个地方说，无论就婶母的性格说，任何人走到这里都热闹了。我现在喜欢“关关雎鸠，在河之洲，窈窕淑女，君子好逑”这一章书，每每是回忆故乡小南门外的情景了。那里常常有“窈窕淑女”，那里常常有“关关雎鸠在河之洲”。我还喜欢这一篇诗：

匏有苦叶，济有深涉，深则厉，浅则揭。

有瀰济盈，有鷕雉鸣，济盈不濡轨，雉鸣求其牡。

雝雝鸣雁，旭日始旦。士如归妻，迨冰未泮。

招招舟子，人涉卬否。人涉卬否，卬须我友。

我读这篇诗，感得热闹极了，也便是记起小时故乡小南门外的情景。深则厉浅则揭已说过。有时车子渡河，或是货车，或女子回娘家坐的车，没有桥，水里过，我们小孩子在岸上看，唯恐把它濡了，又惟恐不把它濡了，因为小孩子总是淘气。把女子扎车的彩被濡了那更可惜了。沙岸上车子的辙迹印得很深也很有趣。冬天里看人家“报日”（报日者，请期纳米，通俗以鸡和鹅代替古礼之雁者也），看人家抬花轿，都在这沙滩上，因为这时河里没有水。至于“招招舟子，人涉印否”，我们小孩子则不觉得，这大约是寂寞的心事，小孩子隔膜了。诗真是写得热闹，是写实。或者是我的主观亦未可知。

再说婶母的性格，我认为她是神，不是人，这决不是我的主观，世间的人品实有伟大这一个形容词了。她贫无立锥之地，她的茅草屋不是她自己盖的，茅草屋也不能有历史，经不得风吹雨打，不是她的祖先遗给她的，我记得她的屋常给山洪冲倒了，于是来“邀会”，邀会者邀几个本族的人拿出资本来替婶母再盖一个茅草屋了。她年青孀居，有三个儿子，都养大成人了，但都是神秘人物，后来都无影无踪了，都在外面流亡死了。婶母替人洗衣，但不能说是以洗衣为职业，因为她不需要职业，她只是替人操劳，人家也给饭她吃罢了。那时城镇上也还没有洗衣的职业，要说有这个职业，“浣衣母”便是开山大师了。她每每替店铺里的学徒洗衣，学徒便像她的儿子一样了，他们当然也给报酬，但微乎其微，而浣衣母对于他们的抚爱则是母亲的伟大了。我家那时是大家庭，兄弟多人，谁都喜欢婶母，简直可以说我们兄弟谁都是婶母养大的，我们以为婶母最富，谁都喜欢吃婶母的饭了。实在她没有得吃时，祖父便分咐送米给她不是给她给我们吃，是给婶母的食粮，而婶母的食粮我们有份儿了。

我们小孩子只知道白天，不知道夜晚，知道白天城门外的热闹，即婶母家的热闹，从不知道夜晚是婶母一个人在她的城外茅草屋里了，也不知道那里有灯光没有。黄昏时在那里也是热闹的，我们每每关城门的时候才进城回到自己家里去，舍不得进城，巴不得晚一点儿关城门。“河上柳”我记得是一个黄昏时候婶母的大儿子将一枝柳条插在土里的，难怪以后“终古垂杨有暮鸦”！即是说黄昏时柳条可爱。清早起来，旭日东升，城门外便已热闹了，乡下人早已进城卖柴了，冬日里我们跟着祖父到婶母门前晒太阳了。

过年时，大哥因为字比谁都写得好，常替人写春联，我因为字写得不好则磨墨。我顶不耐磨墨，最羡慕挥毫，但也顶喜欢磨墨的时候到了，因为大哥写春联的时候到了。有一年大哥替婶母家写的是“东方朔日暖，柳下惠风和”，红纸是婶母的大儿子买的。新年初一我们清早起来赶快跑去拜婶母年，红日之下一看大哥写的红对子，十分欢喜，我仿佛懂得“东方朔日暖，柳下惠风和”的意味了。

实在婶母的伟大无法形容的，穷可以形容她，神可以形容她，穷到这里真是神了。

后来我们长大了，到武昌上学去了，暑假回家时听母亲同自己的婶母谈城外婶母的闲话，说：“有人说她的闲话！”

闲话是：有一后生，利用婶母的茅草屋开茶铺，这后生同婶母“相好”。我听了这话愈觉得婶母是神，她神圣不可侵犯。

谈用典故

作文用典故本来同用比喻一样，有他的心理学上的根据，任何国的文学皆然。在外国文学里头用典故这件事简直不成问题，只看典故用得好不好，正如同比喻用得好不好。他们的作家，在他们的作品里头，典故不常用，正如同比喻不常用，若用之则是有必要，这时文章的意思格外显豁，感人的效果格外大。中国的事情每不可以常理论，他没有文章而有典故！于是典故确乎应该在排斥之列。我说中国是因为没有文章而有典故，这话一点也不错，只看中国的文章里头没有比喻便可以知道。若用比喻则非有意思不可了，有意思才叫做文章。只看周秦的文章连篇累牍用的是比喻，而后来的文章则只有典故，中国确乎是从周秦以后没有文章了。有典故没有文章，这样的文学不应该排斥吗？那么照意义说起来，我们反对典故，并不是反对典故本身，乃是反对没有意思的典故罢了。因为反对典故的原故，我曾赞美宋儒的文章，我读朱子《四书集注》，文章都很能达意，在他许多文字里头只有两个典故，即“枉尺直寻”与“胶柱鼓瑟”，实在这也不能算是典故，只是成语罢了。其解释“欲罢不能”云：“如行者之赴家，食者之求饱。”这样有力量的文章要什么典故呢？二程子称大程子“盖自孟子之后，一人而已。然学者于道不知所向，则孰知斯人之为功；不知所至，则孰知斯名之称情也哉”。这是多么能达意的文章，何暇用典故？这样的文章，应该算是理想的“古文”。即是韩愈所提倡的古文的古文。那么我平常反对古文也只是反对他没有意思罢了。

我今天的本意是作典故赞的，开头却说了上面一段话无非是表示我很公平，我说话向来没有偏见。那么我来赞典故乃是典故真可赞了。

中国的坏文章，没有文章只有典故。在另一方面，中国的好文章，要有典故才有文章！这真是一件奇事。我所赞美的，便是这种要有典故才有文章的文章了。那么倘若没有典故岂不就没有文章了吗？是不然。是必有文章的，因此也必有典故，正如外国文章里必有风景，必有故事。换一句话说，中国的诗人是以典故写风景，以典故当故事了。中国文学里没有史诗，没有悲剧，也不大有小说，所有的只是外国文学里最后才发达的“散文”。于是中国的散文包括了一切，中国的诗也是散文。最显明的征象便是中国的文章里（包括诗）没有故事。没有故事故无须结构，他的起头同他的收尾是一样，他是世界上最自由的文章了。这正同中国的哲学一样，他是不需要方法的，一句话便是哲学。所以在中国文章里，有开门见山的话。其妙处全在典故。下面是庾信《谢滕王赉马启》的全文：

某启：奉教垂赉乌骝马一匹。柳谷未开，翻逢紫燕，陵源犹远，忽见桃花。流电争光，浮云连影。张敞画眉之暇，直走章台；王济饮酒之欢，长驱金埒。谨启。

第一句等于题目。接着是无头无尾的文章，同时也是完完全全的文章，不多不少的文章。所用的全是马的典故，而作者的想像随着奔流出来了。柳谷句，张掖之柳谷，有石自开，其文有马；紫燕是马名。接着两句，“流电”“浮云”俱系马名，“争光”与“连影”则是想像，写马跑得快。争光犹可及，连影则非真有境界不可，仿佛马在太阳地下跑，自己的影子一个一个的连着了，跟着跑了。那么争光亦不可及，作者的笔下实有马的光彩了。我并不是附会其说，只看作者另外有这样一句文章，“一马之奔，无一毛而不动”，他的句子确不是死文章了。画眉之暇，走马章台；饮酒之欢，长驱金埒，可不作解释。读者试看，这样一篇文章不是行云流水吗？不胜过我们现在一篇短篇小说吗？他没有结构而驰骋想像，所用典故，全是风景。他写马，而马的世界甚广，可谓杂花生树，群莺乱飞！时间与空间在这里都不成问题，连桃花源也做了马的背景了。在任何国的文学里没有这样的文章的。我们不能说他离开典故没有文章，乃是他有文章自然有典故了。外国的文章靠故事，我们不能说他离开故事没有文章，他是有文章自然有故事了。莎士比亚在他的剧本里写一个公爵给国王流放出去，舞台上自白道：

Now no way can I stray;

Save back to England, all the world’s my way.

这样的文章写得多容易。真是同庾信的文章一样容易！这样写“流放”是伟大的文章，藉故事表现着作者的境界。中国的诗人则是藉典故表现境界了。我这话也决不是附会，有时也有等于藉故事表现境界的，也正是庾信的文章，如皇帝赐给他东西谢皇帝而这样写一个“谢”字：“直以物受其生，于天不谢。”这完全是英国莎士比亚的写法了。不过这是偶然的，中国文章本来不以表现情节见长，而诗人伟大的怀抱却是可以以同样尺度去度量的了。我顶喜欢庾信这两句写景的文章：“龟言此地之寒，鹤讶今年之雪。”大约没有典故他不会写这样的美景，典故是为诗人天造地设的了。“草无忘忧之意，花无长乐之心”“非夏日而可畏，异秋天而可悲”，都是以典故为辞藻，于辞藻见性情。是的，中国有一派诗人，辞藻是他的山川日月了。庾信的《象戏赋》有这样两句话：“昭日月之光景，乘风云之性灵。”正是他自己的文章。我最佩服这种文章，因为我自己的文章恰短于此，故我佩服他。我大约同陶渊明杜甫是属于白描一派。人说“文章是自己的好”，我确是懂得别人的好。说至此，我常常觉得我的幸运，我是于今人而见古人的。亡友秋心君是白话文学里头的庾信，只可惜死得太早了，我看他写文章总是乱写，并不加思索，我想庾信写文章也一定如此。他们用典故并不是抄书的，他们写文章比我们快得多。有一回我同秋心两人在东安市场定做皮鞋，一人一双，那时我住在西山，后来鞋子他替我取来了，写信告诉我：“鞋子已拿来，专等足下来穿到足上去。”他写文章有趣，他的有趣便在于快。庾信的《枯树赋》有这两句：“秦则大夫受职，汉则将军坐焉。”我想他的将军坐焉同秋心的足下足上是一样写得好玩的，此他的文章所以生动之故。

我今天写这个题目，本来预备了好些“典故”，但写至此已觉得可以成一短文，其余的只好暂不写，否则文章恐怕长了。然而这样又不能说典故之长于万一了。此决非夸大之辞，实乃缩小之论。

我怎样读论语

我以前写了一篇《读论语》的小文，那时我还没有到三十岁，是刚刚登上孔子之堂，高兴作的，意义也确是很重要。民国二十四年，我懂得孟子的性善，于是跳出了现代唯物思想的樊笼，再来读《论语》，境界与写《读论语》时又大不同，从此年年有进益，到现在可以匡程朱之不逮，我真应该注《论语》了。今天我来谈谈我是怎样读《论语》的。

我还是从以前写《读论语》时的经验说起。那时我立志做艺术家，喜欢法国弗禄倍尔以几十年的光阴写几部小说，我也要把我的生命贡献给艺术，在北平香山一个贫家里租了屋子住着，专心致志写一部小说，便是后来并未写完的《桥》。我记得有一天我忽然有所得，替我的书斋起了一个名字，叫做“常出屋斋”，自己很是喜悦。因为我总喜欢在外面走路，无论山上，无论泉边，无论僧伽蓝，都有我的足迹，合乎陶渊明的“怀良辰以孤往”，或是“良辰入奇怀”，不在家里伏案，而心里总是有所得了。而我的书斋也仿佛总有主人，因为那里有主人的“志”，那里静得很，案上有两部书，一是英国的《莎士比亚全集》，一是俄国的《契诃夫全集》英译本，都是我所喜欢读的。我觉得“常出屋斋”的斋名很有趣味，进城时并请沈尹默先生替我写了这四个字。后来我离开香山时，沈先生替我写的这四个字我忘记取下，仍然挂在那贫家的壁上，至今想起不免同情。我今天提起这件事，是与我读《论语》有关系。有一天我正在山上走路时，心里很有一种寂寞，同时又仿佛中国书上有一句话正是表现我这时的感情，油然记起孔子的“鸟兽不可与同群”的语句，于是我真是喜悦，只这一句话我感得孔子的伟大，同时我觉得中国没有第二个人能了解孔子这话的意义。不知是什么原故我当时竟能那样的肯定。是的，到现在我可以这样说，除孔子而外，中国没有第二个人有孔子的朴质与伟大的心情了。庄周所谓“空谷足音”的感情尚是文学的，不是生活的已经是很难得，孔子的“鸟兽不可与同群，吾非斯人之徒欤而谁欤”的话，则完全是生活的，同时也就是真理，令我感激欲泣，欢喜若狂。孔子这个人胸中没有一句话非吐出不可，他说话只是同我们走路一样自然要走路，开步便是在人生路上走路了，孔子说话也开口便是真理了，他看见长沮桀溺两个隐士，听了两人的话，便触动了他有话说，他觉得这些人未免狭隘了，不懂得道理了，你们在乡野之间住着难道不懂得与人为群的意思么？恐怕你们最容易有寂寞的感情罢？所以“鸟兽不可与同群，吾非斯人之徒欤而谁欤”是山林隐逸触起孔子说话。我今问诸君，这些隐逸不应该做孔子的学生么？先生不恰恰是教给他们一个道理么？百世之下乃令我，那时正是五四运动之后，狂者之流，认孔子为不足观的，崇拜西洋艺术家的，令我忽然懂得了，懂得了孔子的一句话，仿佛也便懂得了孔子的一切，我知道他是一个圣人了。我记得我这回进北平城内时，曾请友人冯至君买何晏《论语集解》送我。可见我那时是完全不懂得中国学问的，虽然已经喜欢孔子而还是痛恶程朱的，故读《论语》而决不读朱子的注本。这是很可笑的。

民国二十四年，我懂得孟子的性善，乃是背道而驰而懂得的，因为我们都是现代人，现代人都是唯物思想，即是告子的“生之谓性”，换一句话说以食色为性，本能为性，很以孟子的性善之说为可笑的。一日我懂得“性”，懂得我们一向所说的性不是性是习，性是至善，故孟子说性善，这时我大喜，不但救了我自己，我还要觉世！世人都把人看得太小了，不懂得人生的意义，以为人生是为遗传与环境所决定的，简直是“外铄我也”，换一句话说人不能胜天，而所谓天就是“自然”。现代人都在这个樊笼的人生观之中。同时现代人都容易有错处，有过也便不能再改，仿佛是命定了，无可如何的。当我觉得我自己的错处时，我很是难过，并不是以为自己不对，因为是“自然”有什么不对呢？西谚不说“过失就是人生”吗？但错总是错了，故难过。我苦闷甚久。因为写《桥》而又写了一部《莫须有先生传》，二十年《莫须有先生传》出版以后我便没有兴会写小说。我的苦闷正是我的“忧”。因为“忧”，我乃忽然懂得道理了，道理便是性善。人的一生便是表现性善的，我们本来没有决定的错误的，不贰过便是善，学问之道便是不贰过。“人不能胜天”，这个观念是错的，人就是天，天不是现代思想所谓“自然”，天反合乎俗情所谓“天理”，天理岂有恶的吗？恶乃是过与不及，过与不及正是要你用功，要你达到“中”了。中便是至善。人懂得至善时，便懂得天，所谓人能弘道。这个关系真是太大。现代人的思想正是告子的“生之谓性”，古代圣人是“天命之谓性”。天命之谓性，孟子便具体的说是性善。从此我觉得我可以没有错处了，我的快乐非言语所能形容。我仿佛想说一句话。再一想，这句话孔子已经说过，便是“朝闻道，夕死可矣”。我懂得孔子说这话是表示喜悦。这是我第二回读《论语》的经验。

我生平常常有一种喜不自胜的感情，便是我亲自得见一位道德家，一位推己及人的君子，他真有识见，他从不欺人，我常常爱他爱小孩子的态度，他同小孩子说话都有礼！我把话这样说，是我有一种实感，因为我们同小孩子说话总可以随便一点了，说错了总不要紧了，而知堂先生——大家或者已经猜得着我所说的是知堂先生了，他同小孩子说话也总是有礼，这真是给了我好大的修养，好大的欢喜，比“尚不愧于屋漏”要有趣得多。他够得上一个“信”字，中国人所缺少的一个字。他够得上一个“仁”字，存心总是想于人有益处。晚年不但是个人主义的存心，而是国家民族主义的存心，正是一个“信”字的扩大充实，一个“仁”字的扩大充实。因为国家的命运不好，他寂寞地忠于自己的见地，故与群众相反，这是信。敌寇当前，他还想救人，还想替国家有所保存，这是仁。这个人现在在狱中，他是如何的“忍辱”（这是他生平所喜欢的菩萨六度之一），他向着国家的法律说话是如何的有礼。我说知堂先生是一位道德家，是我最喜欢的一句话，意味无穷。但知堂先生是唯物论者，唯物论者的道德哲学是“义外”，至多也不过是陶渊明所说的“称心固为好”的意思。陶渊明恐怕还不及知堂先生是一位道德家，但“信”字是一样，又一样的是大雅君子。两人又都不能懂得孔子。此事令我觉得奇怪，不懂得道德标准来自本性，而自己偏是躬行君子，岂孔子所谓“盖有不知而作之者欤”？于是我大喜，《论语》这章书我今天懂得了！“子曰：盖有不知而作之者，我无是也。多闻择其善者而从之，多见而识之，知之次也。”我一向对于这章书不了解，朱注毫无意义，他说：“不知而作，不知其理而妄作也。孔子自言未尝妄作。盖亦谦辞。然亦可见其无所不知也。”孔子为什么拿自己与妄作者相提并论？如此“谦辞”，有何益处？孔子不如此立言也。是可见读书之难。我不是得见知堂先生这一位大人物，我不能懂得孔子的话了。我懂得了以后，再来反复读这章书，可谓学而时习之不亦悦乎。孔子这个人有时说话真是坚决得很，同时也委婉得很，这章书他是坚决的说他“知”，而对于“不知而作之者”言外又大有赞美与叹息之意也。其曰“盖有”，盖是很难得，伯夷柳下惠或者正是这一类的人了。孔子之所谓“知”，便是德性之全体，孔子的学问这章书的这一个“知”字足以尽之了，朱子无所不知云云完全是赘辞了。总之孔子是下学而上达的话，连朱子都不懂，何况其余。朱子不懂是因为朱子没有这个千载难遇的经验，或者宋儒也没有这个广大的识见，虽然他们是真懂得孔子的。我首先说我常常有一种喜不自胜的感情，是说我生平与知堂先生亲近，关于做人的方面常常觉得学如不及，真有意义。及至悟得孔子“不知而作”的话，又真到了信仰的地位，孔子口中总是说“天”，他是确实知之为知之的。儒家本来是宗教，这个宗教又就是哲学，这个哲学不靠知识，重在德行。你要知“天”，知识怎么知呢？不靠德行去经验之吗？我讲《论语》讲到这里，有无上的喜悦，生平得以知堂先生大德为师了。

抗战期间我在故乡黄梅做小学教师，做初级中学教师，卞之琳君有一回从四川写信问我怎么样，我觉得很难答复，总不能以做小学教员中学教员回答朋友问我的意思，连忙想起《论语》学而一章，觉得有了，可以回答朋友了，于是我告诉他我在乡间的生活可以学而一章尽之，有时是“不亦悦乎”，有时是“不亦乐乎”，有时是“不亦君子乎”。“有朋自远方来”的事实当然没有，但想着有朋自远方来应该是如何的快乐，便可见孔子的话如何是经验之谈了，便是“不亦乐乎”了。总之我在乡间八九年的生活是寂寞的辛苦的。我确实不觉得寂寞不觉得辛苦，总是快乐的时候多。有一年暑假，我在县中学住着教学生补习功课，校址是黄梅县南山寺，算是很深的山中了，而从百里外水乡来了一位小时的同学胡君，他现在已是四十以上的一位绅士了，他带了他的外甥同来，要我答应收留做学生。我当然答应了，而且很感激他，他这样远道而来。我那里还辞辛苦。要说辛苦也确是辛苦的，学生人数在三十名左右，有补习小学功课的，有补习初中各年级功课的。友人之甥年龄过十五岁，却是失学的孩国语不识字不能造句，算术能做简单加减法，天资是下愚。慢慢地我教他算乘法，教他读九九歌诀，他读不熟。战时山中没有教本可买，学生之中也没有读九九歌诀的，只此友人之甥一人如此，故我拿了一张纸抄了一份九九歌诀教给他读。我一面抄，一面教时，便有点迁怒于朋友，他不该送这个学生来磨难我了。这个学生确是难教。我看他一眼，我觉得他倒是诚心要学算术的。连忙我觉得我不对，我有恼这个学生的意思，我不应该恼他。连忙我想起《论语》一章书：“子曰：有教无类。”我欢喜赞叹，我知道圣人之所以为圣人了。这章书给了我很大的安慰。我们不从生活是不能懂得圣人了。朱子对于这章书的了解是万不能及我了，因为他没有这个经验。朱注曰："人性皆善，而其类有善恶之殊者，气习之染也。故君子有教，则人皆可以复于善，而不当复论其类之恶矣。"这些话都是守着原则说的，也便是无话想出话来说，近于做题目，因为要注，便不得不注了，《论语》的生命无有矣。